宗祖
21
子皇◎著

目錄 CONTENTS

第一章

遭到追殺

吳玄原本還在考慮著如何與精靈族的人結盟，現在白籽楠成為精靈族的女王，這結盟的事也就變得容易多了。

而且精靈族的人似乎對於邪族的人有一種莫名的反感，回想起前幾次邪族人攻打精靈族人的場景，如果不是有結界，邪族恐怕已經得手了。

所以吳玄要與精靈族結盟，得到了全部精靈族人一致贊同。

等到這一切正事全部辦完，白籽楠又與自己的族人相處了一段時間，這才依依不捨的分開。

吳玄想要讓白籽楠在精靈族多待一段時間，其他的事，他可以自己去辦，但白籽楠始終堅持要跟著吳玄一起行動。

揮淚告別了精靈族人之後，吳玄收回了程勇金周圍的陣法，將他從夢中喚醒。程勇金擦了一把嘴角流出的口水，有些好奇的看著吳玄和白籽楠。

「我這是怎麼了？怎麼莫名其妙的就睡著了？對了，我之前聞到一股幽香，這應該是一種迷香，你們千萬要小心。」

程勇金剛剛伸了個懶腰，想到這裡，瞬間警惕了起來。手中拿著兩柄巨大的圓鎚，目光在周圍掃視。周圍除了一片荒蕪的戈壁，完全看不到一點活物。

「走吧！那應該是你的幻覺。」

吳玄輕輕的在程勇金的肩膀上拍了拍，隨後率先離開此地。

「你之前不是說要去精靈族嗎？我們怎麼要離開這裡了？」在路上，程勇金滿臉好奇的詢問道。

「現在已經不需要了，你知道這附近有沒有一個叫作『黃天客棧』的地方？」

「黃天客棧？這個名字有些熟悉，距離這裡不遠的地方，還真有這麼一家客棧。不對！我記得我昏迷的時候，明明還是夜晚，現在看著天色，只是下午，難道說我已經昏迷了一天一夜？」

程勇金好奇的喃喃自語，吳玄卻直接無視了他的話。

等到吳玄一行人上了大街，尤其是那些店鋪看到他們的時候，雙眼之中都露出了畏懼的神色。尤其是一些超凡級別和靈王級別的修煉者，他們都躲得遠遠的，生怕與吳玄有某種關係似的。

就連那些玄皇級別和大帝級別的修煉者看到吳玄的時候，也是急匆匆的從吳玄身旁繞過，似乎生怕與吳玄有某種接觸。

吳玄有些好奇的看著這些人，不太明白這些人為什麼一下子都這麼害怕自己。尤其是在更遠的地方，還有不少人在竊竊私語，指著他，嘴裡貌似在說些什麼。

「咦！怎麼啦？周圍這些異族人怎麼都這麼害怕我們呀？」就連神經大條的程勇金都發現了其中的不對勁，這原因可想而知。

程勇金帶著兩人來到了黃天客棧前，他用手指了指牌匾。「你說的就是這家客棧吧！這家客棧在南域還是比較有名的，這裡還有好多分店。我只不過窩在裡面住過幾次，除了比尋常的客棧大一點之外，貌似也就沒有其他特點了，也不知道這樣的客棧為什麼這麼受歡迎。」

吳玄默不作聲的走進黃天客棧當中。

黃天客棧是卿樓池鵬天臨走之前，給他留下能夠聯繫池鵬天的地點，當時還有幾句暗語。

客棧的掌櫃見到黑袍人的那一刻，眼睛也是抖了抖，隨後露出了一臉笑意。

「三位是打尖還是住店？」

吳玄看了看周圍，現在是下午，客棧裡的人還是很少的。

整間黃天客棧一共分為三層，一樓便是尋常用餐的地方，二樓和三樓則是住宿的地方。二樓和三樓唯一的區別就是三樓更貴，比二樓各方面更好一些，三樓都是一些有身分地位的人住宿的。

吳玄看著四下無人，又看了掌櫃一眼，緩緩的說道：「天有日月星辰。」

掌櫃明顯一愣，有些詫異的打量著吳玄，隨後說道：「地有山川草木。」

吳玄繼續說道：「劍落影去雁南飛。」

掌櫃鬆了一口氣，非常隨意的說道：「蓋世卿樓做萬古。」

掌櫃話音落下，叫來了遠處正在清理一個客人剛剛吃過碗筷的小廝。

「你在這裡幫我看一下，我將這三位貴客引到三樓。」

掌櫃說完，帶著吳玄三人，一路來到了三樓，找了一間沒人住的屋子。掌櫃率先走了進去，等到吳玄三人都走進去之後，掌櫃隨手拋出一個隱蔽氣息與聲音的陣盤。

緊接著，掌櫃才有些詫異的看著三人。「來的居然是三位，不知三位要刺殺誰？」

「啊？」吳玄一愣。

掌櫃看著有些發愣的三人，好奇的說道：「知道剛剛那個暗號的人還是挺多的，大部分都是找我們卿樓做生意的。想必三位也知道我們卿樓是一個殺手組織，難道三位不知？」

吳玄有些尷尬的看著掌櫃。「這個暗號是池鵬天給我們的，我們也是來找他的，不知他是否在此？」

掌櫃聽到這兒，恍然大悟，有些遺憾的搖了搖頭。「原來你們是池鵬天的朋友。前幾天他來過我們這裡一次，鄧家政還提了一嘴他們一行人被一個黑袍人給救了，原來是閣下您啊！」

掌櫃說到這裡，仍然有些不放心的四下看了看，這才小聲的說道：「公子等到沒人的地方，還是趕緊將面具摘了吧！火族人和雷族人的玉扳指被閣下搶去的這個消息，幾乎已經傳遍了我們內部，想必那些想要得到玉扳指的人正往此處趕來。以閣下現在的修為，肯定不是那些人的對手，那裡面不乏天君級別的高手。所以閣下日後行事，還是要小心為上。」

吳玄聽到這裡，才恍然大悟。怪不得剛剛那些人看他的目光顯得如此懼怕，原來是害怕被他牽扯。

不過……原本不是沒有多少人知道關於玉扳指的消息嗎？就連妖族也不知道這一件事，為什麼剛剛他看那些超凡級別與靈王級別，甚至那些小攤販都知道這一件事？

掌櫃繼續說道：「也不知道火族人和雷族人是不是分了，他們前幾天將玉扳指的事情鬧得滿城風雨，尤其是把已經獲得玉扳指的人的消息全部放了出去，害得我們卿樓這段時間行事一直小心翼翼。不過經過上次的教訓以後，我們這段時間已經很少接任務了，自從有了詭盟的幫助，我們的日子算是比以前過得好多了。」

掌櫃長長的感嘆一聲，隨後又說道：「如果三位想要在我這裡住下，也不是不可以，只不過一旦遇到危險，我是不會出手幫忙的，畢竟那樣也會將我們卿樓拖下水，還請閣下見諒。」

吳玄緩緩的點了點頭。「好，這間房間，我們要了。對了，如果池鵬天他們回來，還勞煩掌櫃通知一聲。」

吳玄說到這裡，丟去一小袋銀幣。

掌櫃絲毫不扭捏的將銀幣收入到自己的儲存器裡。「好。」

掌櫃話音落下，收回了隔絕氣息和聲音的陣盤，像沒事人一樣離開。

程勇金看了一眼吳玄。「你怎麼還坐在這兒呢？剛剛那個人說的話你沒有聽到嗎？我們要不要趕緊逃跑？」

吳玄搖了搖頭。「不，今天就先在這裡休息吧！」

吳玄說著，順著窗戶看向了外面，他看到在不少隱蔽的角落出現了大量高修為的異族人。

「我出去一下，很快就會回來。」

吳玄有些不太放心，通過空間之力離開客棧，來到了距離精靈族不算太遠的一座山脈，找了一個極為不起眼的角落布置了一座傳送陣法，這才滿意的回到了客棧。

眾人在客棧當中舒舒服服的休息了一晚上，那些覬覦玉扳指的人並沒有行動，想必是要等到幫手到齊再一起行動。

等到第二天一大早，吳玄與程勇金、白籽楠在客棧的一樓吃了早餐。掌櫃像沒事人一樣笑呵呵的收了錢之後，吳玄一行人離開了客棧。

也就是在他們離開客棧的那一刻，吳玄感受到身後有許多道氣息緊隨著自己三人。由於這裡異族人居多的緣故，吳玄察覺到身後有幾個人類一直跟著自己的時候，心中居然還有那麼一絲喜悅，有一種他鄉遇故知的感覺。

吳玄自然不可能傻到放任那麼多人追蹤自己，就連程勇金都發現身後不對勁了，還有好多次提議吳玄以極快的速度離開此地，卻都被吳玄拒絕。

吳玄一路來到了一片開闊的草原，像這種荒蕪的草原，在南域幾乎隨處可見。吳玄緩緩的停下腳步，站在那裡。

遠處追蹤的眾人見到這一幕，同時停住腳步。他們都極為好奇望向了吳玄，這些人都在疑惑，這個黑袍人為什麼到這裡就不走了？

這裡四面八方都極為開闊，別說是埋伏了，就算所有的人光明正大一起動手，黑袍人都沒有地方可以逃。

要知道，前來跟蹤黑袍人的這些修煉者，大多數都是大帝級別以上的，甚至還有幾名天君級別的強者。黑袍人這麼做，無異於將刀送到了敵人的手中。

他這是要做什麼？這個疑惑同時出現在在場所有人的腦海當中。

吳玄就這麼靜靜的站在原地，程勇金感受著周圍越來越多的氣息，額頭上也出現了密密麻麻的汗水。

程勇金雖然是渾人一個，但這並不代表他不會害怕。感受著周圍越來越多不亞於自己的氣息出現，程勇金心臟都快跳出來了。

你自殺不要帶上我呀！早知道就把帶路這件事交給程兮了，這是要玩死我的節奏啊！

就連白籽楠也非常疑惑自己的夫君這是要做什麼，她絕對不相信這是自己的夫君一時糊塗才做出如此的舉動。既然如此，夫君為什麼招來如此多的強者，卻在這裡不躲不閃，甚至連打架的意思也沒有？

當圍過來的數千號人見到黑袍人就這麼靜靜的站在原地時，一個個都露出了不解的神色。

程勇金看著遠處越來越密集的小黑點，哭喪著臉，趕緊催促道：「哥，你是我親哥，咱們快點跑吧！對面的人實在是太多了，而且高修為的修煉者也很多，如果再不跑，到時候連變成肉泥的機會都沒了。」

白籽楠的心臟也是怦怦的跳，她的小手卻緊緊的握著吳玄的手。她雖然不知道自家夫君要幹些什麼，但是有夫君在這裡，就算面前是千軍萬馬，她也不怕。

而遠處那些小黑點在短暫的思考之後，組成了一個圓形，將黑袍人和他身旁的兩位緊緊的鎖在這個圓中，無論是四面八方還是天上的修煉者，除非鑽入到地下才能逃脫。

在這些人當中，正面迎上來的是一個火族人，因為他身上的氣息與火文天極為相似。在他身旁，還有一個渾身上下綻放著銀白色雷電的異族人，他應該就是雷族人的代表了。除此之外，還有南域其他各種各樣的異族。

「交出玉扳指，我還能饒你們一命，否則我讓你們死無葬身之地！」正對面的那個火族老者厲聲說道。

吳玄的目光繞過了他，在周圍數千號異族人的身上掃視一眼。

「對，將玉扳指交出來！」

「把玉扳指交出來，就能夠饒你不死。」

如此叫喊聲，在周圍此起彼伏的響起，吳玄卻站在人群的最中央，等聲浪漸漸退去，他才緩緩的說道——

「玉扳指不在我這裡。」

火族人和雷族人神色一呆，緊接著，火族人的那個老者破口大罵：「無恥小兒！竟在這裡信口雌黃。你將我族人的玉扳指搶去，還在這裡大放厥詞，要不要我把人證叫過來與你當場對質？」

雷族前來的那名老者雖然沒有火族這名老者這麼暴脾氣，但是臉色也變得不太好看了。

「兄臺可要慎言，想好再說。既然你說玉扳指不在你那裡，那你倒是說說，它們去了哪兒？」

吳玄露出一抹笑容。「它們被邪族搶去了。」

程勇金面色一呆，他怎麼不知道這件事？只不過現在所有人的目光都在黑袍人的身上，並沒有人注意程勇金臉色的變化。

白籽楠聽到這裡，面色也是一頓，最後似乎想到了什麼，那略顯平庸的臉上露出了淺淺的笑意。

「你這是想要潑髒水！那你倒是說說，邪族人什麼時候搶奪你的玉扳指？」火族長老明顯不相信。

吳玄絲毫不慌張的回答道：「你還說呢！當初與你們火族人和雷族人比鬥之後，我身受重傷。你們也知道邪族人的可惡之處，我幫助日月神族對戰邪族之後，你們火族人和雷族人就包抄了過來；待你們走後，隱藏在周圍的邪族人又殺了過來。他們不僅搶了我從你們雷族人與火族人手中奪來的玉扳指，還將日月神族的那一枚玉扳指也搶走了。」

吳玄的話音落下，周圍眾人瞬間喧譁起來。這些人是知道雷族人和火族人去找黑袍人的麻煩，雖說當時火族人和雷族人倉皇而逃，但是之後發生的事情卻沒有人知道。

但是現在聽黑袍人這麼說，他們也不得不相信這一點。畢竟邪族對外擴張的意圖是益發的明顯，在邪族周圍，原本的異族部落已經消失殆盡，只剩下一小部分抓緊時間遷移的部落才得以存活。現在邪族方圓百里之內，除了他們的族群以外，已經沒有其他任何族群了。

所以聽到黑袍人說這番話，他們心中雖然還有疑惑，卻已經相信了一小半。

吳玄說到這裡，忽然將自己的左手手套摘去，在眾人詫異的目光當中，吳玄緩緩的撩起了黑色長袍的袖子。只不過右手上紫色靈力一閃而逝，周圍的人並沒有注意。

緊接著，在場眾人便看見了怵目驚心的一幕——

吳玄的左手臂可以說是血肉模糊，胳膊上一個個血洞接著一個個血洞。這些血洞與靈力炸出來的或者用刀子割出來的完全不一樣，這些血洞個個都極為不規則。這就像是水滴濺上去的一樣，水滴的形狀本來就不規則，濺到胳膊上腐蝕出來的血塊自然也都不規則。

而且這些米粒大小的血塊並不是均勻分布的，有些部分徹底被血洞取代，有些部分則是有著完好的皮肉。完好的皮肉卻沒有因為血洞受到半點影響，就像胳膊上完好的血洞與旁邊的皮肉是在兩個不同的人身上一樣。

當黑袍撩開的那一瞬間，在場的異族人同時聞到一股血腥的臭味，這就像是屍體腐臭的味道一樣，有大量黑色的鮮血順著吳玄的左臂流了出來。

在場眾人看到這一幕，實在是熟悉得不能再熟悉了，邪族黑紅色的霧氣造成的傷害便是這種效果，一個血洞接著一個血洞的，只是邪族造成的血洞似乎沒有這麼大。

不過這已經不要緊了，有了前車之鑒，當眾人見到這密密麻麻的血洞傷口時，第一個想到的便是邪族，然後這個意識就會深深的扎根在他們的腦海當中。

因為在他們的潛意識當中，能造成如此傷害的，除了邪族之外，已經沒有任何一個族群能夠做到這一點。

再或者說，他們對於黑袍人的手段也並不了解，只是把他當成一個普通的人類對待，並沒有想過他使用的手段和邪族造成的傷害結果竟是如此類似，所以這些人下意識聯想到的就是邪族。再加上剛剛吳玄接二連三的暗示，他們就更加確認這件事是邪族人所為。

火族的那個白髮長老與雷族的那個白髮老頭見到這一幕，神色也是一呆。毫無疑問，看到這些傷口的那一瞬間，這兩個異族人第一個想到的就是邪族。

緊接著就聽吳玄那痛心疾首的聲音傳出：「我們一路逃跑，如果不是我福大命大，恐怕就不能在這裡見到各位了。這些都是邪族人惹的禍，我早就聽說邪族那邊已經有三枚玉扳指了，再加上我這邊的兩枚和日月神族那邊的一枚，邪族已經湊足六枚玉扳指了，看來邪族是想要獨吞洞天福地裡的寶貝啊！」

吳玄的話音落下，在場所有族群的人們都譁然起來。雖然他們不相信，但是眼前這一幕使得他們不得不相信。

至於日月神族那邊，黃渝明是一個聰明人，池鵬天上次遇難，肯定已經給他敲響了警鐘。如果這件事傳到了他的耳裡，想必他也會毫不猶豫的將這盆髒水潑到了邪族的頭上。

邪族的缺點無數，但是也有一個優點，那就是什麼事情也不會辯解。你敢說，我就敢殺你；你敢向我潑髒水，我就敢屠你的宗門。只不過邪族想要找到卿樓，恐怕也不容易。

而且現在邪族雖然有了一定的威望，也有了一定的勢力，但是在整個南域當中，頂多算是個三流的族群，和老牌妖族或者是獸族仍然無法相比。所以這個時候把妖族或者獸族拉出來，邪族的眾人也只能啞巴吃黃連，等到日後累積實力，再行報復。

所以吳玄此後不帶猶豫的拉出了程勇金。

吳玄繼續說道：「我一路逃到最近的一座城鎮裡，想必我剛剛進入城鎮，就出現在大眾的視野裡吧！我走過的路、我住過的客棧，恐怕早就在諸位的監視當中，所以中間也不可能躲藏。還有這位，這位是妖族的朋友，我看這裡面還有幾位妖族人，不知妖族的朋友認不認識這位？他姓程，程勇金。」

吳玄的話音落下，遠處飛來了十幾個妖族人，他們當中只有一個是至尊級別的，其餘大多數都是玄皇級別的妖族修煉者。

還沒等到至尊級別的修煉者仔細打量程勇金，周圍的眾人便在同時想到了「程」這個姓，現任妖王就是這個姓。

「拜見天策副將軍！」

那些妖族人忽然跪下來，行了大禮，這屬於妖族的極高禮節。

程勇金在妖族當中，那也是一位副將軍。他所在的軍營叫作「天策軍」，這是妖族戰力最強的一支軍隊。而身為妖王大哥的程勇金，則成為天策軍的副將軍。

這只是一個虛職，畢竟還有個正將軍，但程勇金這種渾人性格，卻與軍營當中那些鐵血漢子打成了一片，所以他在軍營當中的威望也是很高的，雖然他只有至尊八重的修為。

但最關鍵的仍然是，程勇金是現任妖王的大哥。而且現任妖王還是一個極重情義的人，要不然以程勇金這種性格，早就被趕出了妖族，貶到一個山溝溝裡去帶兵也不是不可能的。

所以確定面前這位就是現任妖王的大哥，他們一個個也都有些尷尬起來。如果十個八個還好封口，但是這裡足足有上千號人，可以想像，在一天之內，今天發生的所有事情，絕對會傳播至南域的各大宗門。

所以，有很多人已經退縮了。那畢竟是妖族，就算火族與雷族加起來也不是妖族的對手，雖然這兩個族群的族人都有著特殊的能力，但也勝不過人多呀！更何況妖族也不是一點特殊能力都沒有。

火族那位長老氣得面色通紅，雖然他敢肯定玉扳指絕對沒有被外人搶去，但是他沒有證據。他忽然想到了什麼，開口說道：「你說你是從邪族的手中逃出來的，邪族那幫人不可能這麼輕易的放你逃出來。看你受到如此重傷，對面恐怕來了至少武聖級別的強者，既然如此，你又是怎麼逃出來的？你身旁那兩位為什麼一點事也沒有？」

第二章

舌燦蓮花

在場眾多異族人聽到老者這話，雖然心中不是滋味，但是想想，也確實是這個道理。

邪族都殘暴，他們是知道的。他們被捉到，寧可自爆，一旦被這一些瘋子咬傷，絕對是不死不休。

黑袍人雖然受了點傷，但是傷勢不重，至少對於這些面對過邪族的人來說，傷勢已經算是很輕的了；而黑袍人身後的朋友更是似乎沒有受到傷害，這無論怎麼說也不合理。

吳玄看了一眼在場眾人，一團火光緩緩在他身側浮現，一道人影出現在他的身側。

「他是妖獸！好恐怖的氣息，這至少要天君級別了吧？」

「他是天君九重的妖獸，這怎麼可能？黑袍人的身旁為什麼還會有這麼強大的妖獸？」

「他竟然有這麼強大的妖獸，那些邪族的人怎麼可能傷害得了他？」

當在場眾人察覺到火麒麟身上那天君九重的氣息爆發出來的那一瞬間，目光同時變得驚駭。

「哼！你之前不是說被邪族的人打傷？你身旁有這麼強大的存在，怎麼可能被邪族的人打傷？」火族老者見到黑袍人這自投羅網的行為，似乎是抓到了什麼，不屑的冷哼說道。

吳玄像看傻子一樣看了一眼火族老者，然後朝著諸位各族人一抱拳。「諸位看到了，這是我的契約妖獸，我叫他出來，只是想跟大家證明一件事。」

吳玄話音落下，手掌忽然拍在火麒麟的後背，然後一把鼻涕一把淚的說道：「這位跟隨了我幾百年的妖獸，就是與邪族對戰的時候被邪族所傷。那些邪族人實在是太可惡了！居然派出了三個天君級別的強者奪取我手中的玉扳指，如果不是我這位妖獸夥伴拚盡全力護住我，我又把那兩枚玉扳指扔在沿途各地，他們迫於無奈要去尋找玉扳指，我早就被邪族的人殺死了。」

吳玄說到這裡的時候，火麒麟的面色忽然變得難看起來，身上的氣息也變得極度不穩定，緊接著一口鮮血噴了出來。絕對不是裝的，眾人能夠看見，那一口鮮血當中夾雜著黑色腥臭的塊狀物。

在場的各族人同時摀住鼻子，然後非常同情的看著吳玄，他們現在已經無比相信這一點了。

火麒麟吐出那一口鮮血之後，朝著吳玄一陣擠眉弄眼，那意思是在說：我的演技好吧？

火麒麟吐出來的這口血確實是真的，只不過激發這口血的是火毒。而周圍的各族人只是看著地上那一堆鮮血嘖嘖感嘆，並沒有人察覺到火麒麟吐出這口鮮血之後，臉上的神色變得越來越光彩。

昨天晚上吳玄就與火麒麟商量好了，讓他陪著自己演這一齣，目的就是號召各族人一起對付邪族。

吳玄雖然不知道龍虎宗與邪族到底有什麼密謀，但是這件事還是要儘早解決。

吳玄一招手將火麒麟收回。

「咳咳……大家現在應該相信了吧！對了，這是我的儲存戒指，你們可以拿去看一看，如果你們能夠找到玉扳指，我就將這枚戒指送給你們。還有我身旁這兩位朋友的，也可以給你們看一看。」

吳玄朝著一旁一臉震驚的程勇金使了個眼色，程勇金乖乖的將儲存戒指拿了出來，白籽楠同樣也是。她的儲存器裡除了平常所用之物，並沒有什麼奇特的東西，那些容易丟失的物品都在吳玄的晝夜珠裡保存著。

吳玄拿著三枚儲存戒指緩緩的走到火族老者的面前，火族老者想了想，正想伸出手接過這三枚戒指。可吳玄只是拿著戒指在火族老者的面前晃了一下，緊接著便交給了火族老者身旁的異族人。

經過數百個異族人鑒定，確認儲存戒指裡面沒有那兩枚玉扳指，只是一些尋常修煉者會用到的東西之後，這才把三枚儲存戒指還給三人。

「我之前在客棧的時候一直看著他們，想必他們也不會把玉扳指交給客棧的掌櫃。之後他們一直在房間裡面沒有出來，這點我是可以確認的。」一名武聖五重的修煉者說道，只不過此人是日月神族的。

此人並沒有使用日月神族的特殊技能，而且此人的脖子上還戴著一種能夠遮掩氣息的煉器，所以並沒有人看出來此人是日月神族的人，因此周圍的眾人對此人說的話確認無疑。

這就更增添了吳玄之前所說那一番話的可信度，吳玄看著在場眾人。「所以說邪族的手裡至少已經有五枚玉扳指了，如果日月神族那邊的玉扳指也被邪族人搶去，那後果實在是不堪設想。而且我還聽說，邪族與龍虎宗有著密切的關係。」

吳玄的這一句話就像是一顆重磅炸彈一般，在眾人的耳邊炸響。雖然在場有不少人已經知道了這件事，但是也只是心知肚明，到現在為止沒有人將這件事挑明；黑袍人居然人就這麼說了起來，這無異於得罪了龍虎宗。

那可是整個玄荒大陸排名第一的宗門，至少在明面上是排名第一的宗門，黑袍人居然敢如此得罪龍虎宗，難道是他有什麼倚仗？還是因為邪族人把他逼急了？再或者是初生之犢不怕虎的行為，才這麼去說龍虎宗？

那些知道內情的眾人都沉默了，而那些還不知情的族人則一個個都炸開了鍋。邪族的背後居然是龍虎宗，龍虎宗這是要做什麼？

南域雖然有不少龍虎宗的附屬宗門，但是這些宗門大多數都是與南域各種人和平相處。但是邪族在龍虎宗的扶持之下——至少在場眾人是這麼認為的，開始瘋狂的對外侵略與擴張，難道這是想稱霸整個南域？

南域是各族人的南域，龍虎宗這麼做，無異於扶植一個傀儡勢力，讓南域成為第二個龍虎宗。

而且從目前的情勢而言，龍虎宗已經做得非常好了，邪族周圍很多宗門都已經被邪族剷平，想必再過不了多久，就會向自己的族群動手。

想到這裡，有很多人都感受到了一股危機感。吳玄除了要把玉扳指的事情嫁禍給邪族以外，接下來就是要把矛頭對準龍虎宗，吳玄要的就是這種效果。

現在所有人的注意力已經不在玉扳指或者是黑袍人的身上，在場的異族人也不乏精明之輩，他們想著龍虎宗這麼做的意圖，繼續往下深思。

南域族群多，而且每個族群都有著不同的能力，而且南域擁有的天材地寶也比其他幾域要多數倍。龍虎宗這何止是要稱霸南域，它這是想要圖謀整個玄荒大陸！

有很多異族人想到這裡，不由得寒毛豎起。

「所以我們要先幹掉邪族，想必有不少族人都遭受過邪族的攻擊，而且現在邪族行事是益發囂張，請大家多為自己的族群著想。我話不多說，希望日後面對邪族人的時候，大家可以出自己的一份力。現在我們可以走了嗎？」

吳玄自然不奢求這些人面對邪族攻擊的時候能夠站出來，成為互幫互助的典範；吳玄這麼做，就是為了自己日後行事的時候，這些異族人能夠做到兩不相幫，或許還能從中找到一、兩個幫手。

邪族是個族群，而且在它身後的還是龍虎宗。這可不是十幾個宗門聯手就能幹掉的宗門，所以需要拉攏更多的勢力，至少讓他們埋下懷疑的種子。等到邪族真正對外入侵的時候，周圍各個族群的人至少能夠伸出一臂之力。

這樣被邪族迫害的人多了，這些被迫害的人聯合起來，也是一股不小的勢力。

吳玄講到這裡，忽然之間覺得自己怎麼這麼邪惡呢？嗯……肯定是被夜冥帶壞的。

吳玄的話音落下，在場的眾多族人同時向旁邊退開了一步，給吳玄讓出了一條道。

吳玄帶著白籽楠和程勇金兩人，大搖大擺的從上千人的包圍圈裡走了出來。無論是火族的老者還是雷族的長老，或者是其他的族人看見他們的時候，目光都變得奇怪了起來。

等到脫離了眾人的視線，程勇金這才擦了一把額頭上的汗。「我說仇復，下次再遇到這樣的事情，能不能提前先和我說一聲？你知不知道，我的心剛剛都快要跳出來了，如果我不是練就出了泰山崩於前而色不改的心態，我剛剛都要嚇尿了。」

白籽楠聽著程勇金抱怨的話，不由得笑了出來。目光靜靜的盯著吳玄，忽然小聲說道：「夫君什麼時候變得這麼壞了？這種一舉數得的辦法都能想得出來。」

吳玄只是尷尬的笑了笑。

「我們下面要去哪裡？」程勇金問道。

吳玄想了想。「回妖族。」

程勇金到這裡算是鬆了一口氣，他真是害怕吳玄再去闖蕩一下獸族，然後又去其他族群裡面轉一圈，那樣的話，他恨不得現在就吊死在這裡得了。

而在吳玄一行人離開沒多久，原本就動盪的南域，已經到了隨時都有可能發生大規模戰鬥的局面。

邪族已經得到六枚玉扳指的消息也傳了出去，對於這一點，邪族居然辯解了，只不過此時已經沒人聽他們的辯解。

尤其當他們確認邪族後面就是龍虎宗的時候，一個個更是如坐針氈，龍虎宗難道是想對他們這些異族下手？

吳玄跟著程勇金一路回到妖族，就再也沒有遇到麻煩了，一行人很順利的回到了妖族大營。等到雙腳落地。程勇金這才算鬆了一口氣。

早有妖族的報信員見到了一行人回歸，以最快的速度將這條消息告訴了妖王。

「咦！他們幾個怎麼在那裡？」

吳玄正打算進入到內城去看看其餘的人怎麼樣了，但是往裡頭走時，卻發現了幾道熟悉的身影，這幾道身影混跡在妖族大營前方開闊的練兵場裡。

練兵場就在妖族大營前方的一片空地之上，但凡是妖族弟子，都要送到這裡來鍛鍊三年。這裡距離妖族居民的住所也很近，就算是個超凡級別的妖族全力奔跑之下，半個時辰之內也能回到家，所以但凡是成年或者是即將成年的妖族，都會來到軍營裡面歷練。

當然，就算一些未成年的妖族居民，只要願意，也可以來到軍營當中參加歷練，妖族早就在練兵場開闢了專門供這些人歷練的場所。

吳玄卻在裡面看見了三道熟悉的身影——岳悅、楚舒琪和孫永鵬，坐在遠處的是趙青憲和靈齡，金甲金蟾則懶洋洋的趴在遠處的樹林當中睡覺。

吳玄離開妖族也有大半個月的時間，吳玄能明顯的感覺到，正被妖族教官拿著教鞭訓練的三人修為有明顯的精進。這倒不是修為提升，而是毅力增強，這也是一種戰鬥經驗的提升。

吳玄正好奇的看著孫永鵬學著前方的妖族人劈出一刀之後，四處巡視的妖族教官將手中不知是何材質的教鞭，狠狠的抽打在孫永鵬剛剛揮出那一刀的右手之上，然後俯下身來親自指明孫永鵬剛剛劈出那一刀的缺陷，然後看著孫永鵬再次劈出令他滿意的一刀，這才離開。

「這還挺有意思的，這幾個人通過這次訓練，應該能夠提升不少。」吳玄看著絲毫沒有怨言的孫永鵬，有些欣慰的點了點頭。

就在此時，遠處的妖族人似乎也注意到了這邊。當他們看到這裡的程勇金時，又繼續幹手頭上的工作了。

「咦！大哥哥回來啦！」楚舒琪歡快的叫了一聲，手中劈出一半的那一刀也停頓在半空。

但妖族教官卻狠狠的一鞭子抽在她的手腕上，教官只是瞥了一眼一旁的程勇金和吳玄，然後用教鞭抬了抬楚舒琪的手，示意讓她繼續。

楚舒琪對著吳玄做了個鬼臉，然後繼續學著剛剛的模樣向外劈出一刀。楚舒琪可是被吳玄調教過的人，這一刀劈出的力度以及對大刀的掌控，要比孫永鵬和岳悅好得多。

「那幾個小娃子在房間裡面悶得無聊，正好看見這邊的妖族在訓練士兵，他們和你的相好說了一聲，就來這裡參加了。」

趙青憲不知何時，坐在扇子上飄了過來。即使他已經練出了劍心，將那把塵封的寶劍重新拾起，但是平常時候仍然喜歡拿一把扇子走來走去。

「相好的？」

吳玄聽到這裡一愣，旋即就聽趙青憲擠眉弄眼的繼續說道：「就是那位妖族公主啊！這段時間她對我們的態度，可比其他客人要好得多呀！」

吳玄沒好氣的瞪了一眼趙青憲，也就在此時，從極遠處的妖王殿飛行過來一人，正是妖王程野鈞！

無論是在訓練的士兵還是其他的教官，或是妖族居民，他們看見妖王踏空而來的那一瞬間，齊齊拜倒。

「拜見妖王大人！」

妖王抬了抬手，一干人等又繼續手頭上的事，只不過有很多人的目光時不時的朝著妖王這裡瞟了過來。

「大哥，你先去休息吧！你跟我過來一下。」程野鈞先是看了一眼自己的大哥程勇金，然後朝著吳玄說道。

吳玄雖不知妖王要做些什麼，但仍然跟在他的身後，白籽楠自然也緊跟在自己夫君身後。

妖王帶著兩人一路來到了妖王殿，原本空曠偌大的妖王殿此時人滿為患，在這大殿當中大多數都是至尊級別以上的修煉者，這可以算得上是整個妖族全部的核心力量。

這近千號人此時都做著一件事，那就是修煉。

這些修煉者時不時的睜開眼睛，看著顫抖的雙手，然後又從自己的儲存器裡取出來一個小瓷瓶。打開瓷瓶，裡面是一枚丹藥，他們將丹藥吞入口中，然後閉著眼睛繼續修煉。

而在此時，有越來越多的妖族人接二連三的突破，整個大殿當中時不時的便迴盪著一陣陣喜悅，這也迎來了越來越多妖族人羨慕的目光。

妖族大殿正中央的都是妖族的強者，他們周圍浮現一團光圈，用來抵禦外界對他們的干擾。但是他們也會時不時的睜開眼睛觀察一下周圍的場景，看著一名又一名修煉者突破，這些天君九重的妖族心中也有所觸動。

想當初自己的修為同他們一樣的時候，每一次突破，也是有著同樣的喜悅感動；只不過到了現在，自己的修為卡在天君九重這個瓶頸上，雖然服用丹藥可以提升修為，卻無法提升等級。每每想到這裡，這些天君九重的修煉者眼底總是閃過可惜。

而在此時，一名天君九重的修煉者忽然氣息暴漲，雖然沒有突破天君九重這個界線，但是他的修為仍向前邁出一步——半步古祖。

雖然這些人並不知道古祖級別，卻知道自己已經有半隻腳踏出了天君級別。

感受著丹田當中那澎湃的靈力，他的目光忽然望見站在大殿正前方的妖王程野鈞。

此時妖王正在和身旁一個黑袍人說些什麼——

「你給我們那張妖氣丹的丹方，我已經讓手下的妖族煉丹師去煉製了。他們最開始還失敗了幾次，不過等到成功以後，每一爐大概都能煉製出十幾枚。到現在為止，已經有數十名武聖級別的修煉者藉助這枚丹藥突破至天君級別，至尊級別突破武聖級別的妖族成員更是多達百名。你這張丹方是從哪裡弄來的？這實在是太厲害了！」

妖王說到這裡的時候，臉上那種喜悅是遏制不住的。尤其看著遠處那接連突破的一道道氣息，神色顯得益發激動。

「就連我最近也感覺到快要踏出天君九重的範疇了，只不過總感覺前方有什麼東西阻礙著我，使我無法踏出那一步。唉……也不知道我這一輩子還有沒有辦法踏出那一步？」妖王說到這裡的時候，目露可惜之色。

吳玄看著一道道突破的氣息，也是感覺到萬分震驚。效果也太好了吧！如果這些丹藥放在荒古時代，頂多只是受到妖族人的關注，也只是關注，因為那個時候有更好的丹方幫助妖族人修煉，妖氣丹就顯得有些無用了。

「這些丹藥雖好，但是服用百顆之後，效果就沒有那麼顯著了，有時候還得嘗試新的丹方。不過就現在而言，妖氣丹算是足夠了。等這些突破的人回去修煉一陣子，慢慢的磨合現在的修為，不要因為提升太快而損壞了根基。」

吳玄緩緩的說道，目光觸及一個個妖族修煉者，忽然落到一道身影之上——程兮，程野鈞的女兒，妖族的公主。

吳玄之前見到程兮的時候，她只是至尊一重的修為；但是到了現在，修為已經提升到了至尊五重，而且看樣子仍然有往上提升的機會。

「如此一來，管他什麼邪族，我看我們妖族就能踏平他們了。」妖王說這話的時候十分霸氣，看樣子他還不知道吳玄與那數千人在草原上說的話。

吳玄和程野鈞站在這裡，看著一群又一群不斷突破的妖族人感嘆的時候，忽然有一個妖族士兵急匆匆的跑了進來。他在妖王耳邊低語了幾句，又遞過來一份情報。妖王的臉色變了變，揮了揮手示意士兵先下去。

等到妖王徹徹底底將手中的情報看完，回過頭再看向吳玄的時候，目光顯得有些呆滯。

「你……你還真的什麼都敢說。你身旁的火麒麟又是怎麼一回事？你先好好想想這個問題吧！妖獸那邊的麒麟一族和九尾狐一族已經在前來的路上，你就想想到時候該如何解釋這件事吧！」

妖王說著，將手中的那份情報遞給了吳玄。吳玄接過情報，裡面記錄的都是他從黃天客棧出來，到回到妖族之間發生的一幕幕，裡面尤其著重吳玄身旁有一隻妖獸是火麒麟的消息。

妖王都能得到這個消息，怪不得妖獸那邊已經有了動靜。

「我看我出去迎接一下吧！這回來的是麒麟一族的族長還有九尾狐一族的族長，這兩位可都是天君九重，他們帶來的部下恐怕也都是天君級別的，到時候你可千萬別再惹事了。」

妖王說到這裡的時候，忽然覺得自己之前與吳玄結盟是一個錯誤的決定。但是當他的目光掃過妖王殿中那一個個接連突破的妖族人，最終還是嘆了一口氣，如果再來一次，他仍然會與吳玄結盟。

等到妖王與吳玄、白籽楠來到妖族大營正門口的時候，目光便不由得望向了前來的二十多個人。不出妖王所料，麒麟族和九尾狐一族帶來的族人都是天君級別的，九尾狐族長和麒麟族族長還同樣有天君九重的修為。

在這裡得要說明一下，麒麟一族和九尾狐一族也有很多分支，比如說吳玄身邊的這隻火麒麟，除此之外還有水麒麟、雷麒麟……九尾狐那邊的分支可就更多了，有九尾玄狐、九尾天狐、九尾靈狐……等等。

而在每一族當中都有一名族長，他們僅代表自己這一脈的族人。比如說前來的這位麒麟族族長只代表火麒麟一族，九尾狐的這一位族長只代表九尾靈狐。

說起九尾靈狐，當初吳玄救下的那對大狐狸、小狐狸，好像就是九尾靈狐一族。

第三章 南域妖獸山脈

「我是麒麟無錫，火麒麟一族的族長。」一個幻化成人形，長相威嚴，渾身上下散發著熾熱高溫的火麒麟緩緩走上前，他這句話是對吳玄說的。

「我是九尾靈狐一族的族長，你可以叫我『九尾元荒』。說起來我們還見過，只不過當時的我展露的是本體，不知道你還認不認得我？哦！這位是我的妻子。」

九尾元荒的長相非常秀氣，如果不是那隆起的喉結以及稍微長出的鬍碴，吳玄差點把他當成女的。

九尾狐一族，無論是九尾靈狐還是其他的九尾狐，男子的長相都非常俊美，俊美到讓全天下男子無地自容的地步，這也是九尾狐一族的優勢所在；九尾狐族的女子一個個也美麗至極，這是與生俱來的。

就拿九尾元荒的妻子來說，放在人類世界，那絕對是不可多得的美婦人。身上穿著白色的長裙，如同在花海當中暢遊的花仙子一般，恐怕也只有顯露原形的白籽楠能壓過她一頭。

只不過九尾元荒妻子的嫵媚多情確實是白籽楠不曾擁有的，但白籽楠那不染凡塵的仙氣也是旁人無法模仿的。

只見九尾元荒的妻子上前躬身道：「在下九尾靈芝，多謝公子之前的救命之恩。」

吳玄撓了撓頭，看了看九尾元荒，又看了看一旁的九尾靈芝，最終不太確定的說道：「妳就是我當初在西域救下的那隻母狐狸？」

這有些冒犯的話說出，九尾靈芝的臉上略微尷尬，但仍然點了點頭。

吳玄恍然大悟。「我記得還有一隻小狐狸，那隻小狐狸呢？我怎麼沒有看到牠呀？」

吳玄想到這裡，不由得想起那一隻被他蹂躪了不知多少次的小狐狸，面具下的嘴角輕輕的勾起。

九尾靈芝乾咳了兩聲，緩緩說道：「那是我的女兒，這次她不方便出來。如果公子要來我們九尾靈狐一族作客，我們九尾靈狐一族歡迎之至。」

吳玄和九尾靈狐的族長與他妻子的說話聲音雖然不是很大，但是周圍的人都能聽得見。

妖王面色古怪的看著吳玄，有些疑惑。這傢伙什麼時候去了西域，還和九尾靈狐的人扯上了關係，而且看上去關係還不錯？

一旁的麒麟一族族長麒麟無錫似乎是個暴脾氣，他想也不想的擠到了九尾元荒的面前，有些焦急的說道：「你們日後再敘舊，麒麟榮傑是不是在你那裡？就是之前你身旁出現的那個火麒麟一族的人。」麒麟無錫說這話的時候，聲音竟有些沙啞，呼吸也變得粗重了許多。

吳玄聽到這裡一愣，沒想到整天跟在他身旁那隻貪吃的火麒麟居然叫作「麒麟榮傑」。

吳玄在荒古時代就已經知道妖獸的取名方法了，只要不是一些知名的妖獸，他們的取名都非常的隨意，比如說阿大、阿三、小六子、大五仔……之類的。但如果是一些極有名氣的妖獸，甚至被尊稱為神獸級別的妖獸，比如說麒麟一族、火麒麟一族，還有龍族，他們姓名的開頭都是以自己族群的名字為姓，後面則是抓來一些人類為自己取名。

當然，這些名字大部分都是一些好詞，也有一些是地名。當然也有妖獸取名完全憑自己的感覺，比如「麒麟無錫」這個名字，就是他小時候突發奇想給自己換的名字，然後一直沿用到了現在。

吳玄心念一動，晝夜珠裡懶洋洋的那隻火麒麟——麒麟榮傑便出現在面前。只不過此時麒麟榮傑似乎還沒有回過神來，他看著面前突然出現的麒麟無錫，嚇得大叫一聲——

「我去！這什麼玩意兒？族長怎麼在這裡？你是不是帶我回妖獸山脈了？這裡明明是妖族呀！我不會是作夢了吧？」

麒麟榮傑看著面前的族長麒麟無錫，感覺雙腿發軟，然後跪了下去。

麒麟無錫看著麒麟榮傑的樣子，眼眶不爭氣的紅了。「十幾年了，你倒是永遠別見我呀！你的父母在臨走之前交代我要好好的照顧你，結果就不見了你的影子。這十幾年，你跑哪兒去了？怎麼就不回來看一看我們？你心裡還有沒有我們？嗯！」

麒麟無錫想儘量保持自己的威嚴，但是眼淚卻不爭氣的流了下來。他的目光死死的盯著麒麟榮傑，似乎生怕麒麟榮傑在下一刻便消失不見。

麒麟榮傑則是老老實實的跪在那裡，雙目當中的淚水也蓄積在眼眶兩側，終究沒有落下來。

此時麒麟榮傑就像是一個做錯事的孩子一樣，即使他擁有天君九重，不弱於麒麟無錫的修為，但是仍然老老實實的跪在那裡，一動也不動。

「好孩子呀！」麒麟無錫最後終於忍不住，撲到麒麟榮傑的面前嚎啕大哭。

麒麟無錫的族長職位還是靠著麒麟榮傑的父母一力爭取而來，他與麒麟榮傑的父母比親兄弟還要親。也正是因為如此，在一次抵禦外族入侵的時候，麒麟榮傑的父母光榮戰死，臨死之前，麒麟榮傑的父母拉著麒麟無錫的雙手，讓他好好的照顧自己的兒子。

只不過這件事過去沒多久，麒麟榮傑便一個人離開了火麒麟一族。麒麟無錫幾乎將所有火麒麟一族全調派出去尋找麒麟榮傑，甚至動用自己的獸脈以及其他麒麟族的人一起尋找，但是最終仍然沒有找到麒麟榮傑。

一直到不久之前，忽然有麒麟一族的人向他彙報，一個人類的身邊出現了一隻火麒麟，而這隻火麒麟極有可能就是麒麟榮傑。

麒麟無錫想也不想的就將火麒麟一族的高手盡數帶出，他又怕自己麒麟一族的實力無法與妖族抗衡，於是還前去尋找九尾狐一脈的九尾靈狐。

九尾狐族與麒麟族世代交好，而火麒麟一族與九尾靈狐一族更是萬分的親密，所以麒麟無錫想也不想的就找到了九尾元荒。

恰恰就是在此時，九尾元荒也得到了有關黑袍人的消息。雖然他無法確定這個黑袍人就是當初在西域救下自己妻兒的黑袍人，但是仍然選擇過來一趟；如果不是，就當是陪火麒麟一族撐撐場面，但沒想到還真是當初那個黑袍人。

所以無論是火麒麟一族還是九尾靈狐一族，都得到了自己滿意的結果。

九尾靈芝笑著說道：「我還得感謝你給我女兒的那一枚神果，自從服下那一枚神果之後，我女兒修為提升的速度比以往快了許多，到了現在已經有了玄皇級別的修為，想必再過不了多久，便能幻化成人形。」

九尾靈芝說到這裡的時候，嘴角的笑意再也遏制不住，就連她身旁的九尾元荒聽到這裡，嘴角也是含著笑容。

「不過話說來，妳們上回為什麼要去西域？」吳玄有些好奇的問道。

九尾靈芝瞥了一眼九尾元荒，說道：「當初是和這個死鬼吵了一場架，本意是帶著我女兒去西域散散心，結果沒有想到遇到後面那麼多的事。

對了，你的事蹟我都已經聽說過了，尤其是你的屠龍之舉，我聽到這個消息的時候，還以為自己聽錯了呢！

還有那面小鏡子，原本我只是將它當成陣法當中的一部分，沒想到它在你的手裡居然變得那麼好使。

尤其聽說你還在西域與龍虎宗的人發生衝突，貌似問題還挺嚴重的。說實話，那陣子我還有些替你擔心；不過現在好了，幸虧你沒出事。」

「哈哈……」

吳玄這邊和九尾靈狐一族說說笑笑，火麒麟那邊的認親也已經接近尾聲。麒麟榮傑將這段時間自己的經歷說了出來，尤其說到自己因為東西吃得太多，身中火毒的時候，麒麟無錫的臉上佈滿擔憂。

但是當麒麟無錫聽說那個人類小子居然能夠治好麒麟榮傑體內火毒的時候，

他臉上的笑意那是止不住的。

尤其剛剛在那片大草原上，吳玄拍了麒麟榮傑一巴掌，徹底治好了他的火毒，麒麟無錫臉上的笑意，那是一個遏制不住。

但是當他聽說麒麟榮傑居然為那個人類小子當了幾個月的保鏢，一股殺意在心中瀰漫。

麒麟一族的血脈極其尊貴，麒麟榮傑居然為一個人類小子當打手？但是他還沒有去質問一旁的黑袍人，麒麟榮傑便率先為黑袍人求情；當麒麟無錫見到黑袍人貌似與九尾靈狐一族極為熟識，而且看上去談興正濃，麒麟無錫終於放棄了。

「這次來這裡，是專門來找你的。你跟我回族裡一趟，這都離家多久了，總要回去看看吧！」麒麟無錫開口說道。

麒麟榮傑聽到這話，猶豫許久，他的目光不自覺的移向了黑袍人。

「族長，要不然你還是回去吧！我覺得我現在每一天都過得很開心。如果族中有難，你只要給我發個消息，我立刻回去幫忙；只不過回到族裡，我看還是算了吧！」麒麟榮傑說到這裡的時候猶豫了，目光還時不時的瞟向了一旁的吳玄。

麒麟無錫身為族長，聽到麒麟榮傑這話，氣不打一處來。「那個人類小子到底有什麼好的？值得你這樣。你聽我的話，乖乖的和我回到麒麟一族當中，不要在這裡耍脾氣了。」

麒麟無錫好言相勸，但是麒麟榮傑仍然百般不願意。

「咳咳……要不然你和族長先去吧！那裡畢竟是你出生的地方。如果你在那裡待著無聊了，我這邊隨時歡迎你，到時候你再回來保護我。」吳玄面具下的面容露出了一抹笑容。

「好。」

沒想到麒麟榮傑聽到這話，想也不想的便答應下來，這看得麒麟無錫咬牙切齒。

「事不宜遲，要不然你現在就和我回族裡吧！」麒麟無錫說道。

麒麟榮傑想了想，點了點頭。

一旁的妖王見到這一幕，心中也不得不感嘆，吳玄真不知道哪裡來的運氣，居然讓一個麒麟一族的人對他這麼死心塌地。

九尾元荒見麒麟無錫一行人有了離去的打算，他想了想，緩緩說道：「我們這次是陪麒麟一族來的，沒想到真的在這裡遇見了你。既然他們要回去，那我們也就跟著他們一起回去，有空隨時來找我們玩。」

吳玄點了點頭，這裡畢竟是妖族領地，真的要說些什麼話，也不是很方便。

在眾多妖族的注目當中，九尾狐一族與火麒麟一族的人踏空而去。雖然這兩族的人來到這裡還不到半刻鐘的時間，但是帶來的震撼卻是一時半刻消化不了的。而且這件事之後，想必妖族的名氣也會一路暴漲。

吳玄也覺得是時候去妖獸那邊轉一圈了，有了九尾靈狐和火麒麟的這一層關係，日後他結盟妖獸恐怕也會方便很多。

雖然火麒麟並不能代表麒麟一族，他們只能代表麒麟一族當中的火麒麟一族。不過就從麒麟無錫帶來的這十幾名天君九重的火麒麟來看，麒麟一族的實力還是不容小覷。

雖然九尾靈狐那邊也有天君九重的九尾靈狐，但是仍然有一部分武聖級別的九尾靈狐。單從這一點便可以看出，火麒麟一族的整體實力要比九尾靈狐一族要強，只不過真正戰鬥起來，結果就不得而知了。

程野鈞見到這一幕，也不得不感嘆，他做妖王這麼久，見過大大小小那麼多的勢力，還是第一回見到有那麼多天君九重的修煉者來拜訪他們妖族。

又是修煉用的丹藥和功法，又是兩族前來拜訪，看來他們妖族距離崛起真的已經不遠了。

吳玄目送著火麒麟一族和九尾靈狐一族遠去，正想返回自己在妖族的住處，忽然之間感應到了什麼。

吳玄藉著上茅房的名義來到了妖族一處無人的角落，從晝夜珠裡取出來一個陣盤。這是唐秋實身旁那位九印陣法師卓文央製作的陣盤，目的就是用來通訊。

注入靈力，一個大螢幕出現在面前，大螢幕之上閃過楊鴻和李福來兩人的面容。

吳玄有些詫異的看著這兩人，難道這兩人遇到了什麼麻煩？不過看兩人的衣著打扮，倒不像是在逃命，雖然周圍有很多的樹木，但是兩人臉上看不到一絲驚慌，應該沒有遇到生命危險。

吳玄見到如此，這才鬆了口氣，不過又很疑惑他們這是在做什麼。

楊鴻的聲音傳了過來：「我們在這裡發現了大量龍虎宗弟子的身影，我們已經跟著他們三天了，雖然不知道他們的目的是什麼。但是能聚集上百名龍虎宗的弟子，想必他們正在圖謀著大陰謀。」

李福來的聲音緊隨其後：「尤其他們這一群當中居然有三名天君九重的高手、兩名天君一重的高手，修為最低的也在大帝級別，而且在這群人當中還有龍族和邪族。我們拿不定主意，所以這才來找你。」

不得不說，李福來的觀察還是比較仔細的。

「你們現在在何處？」吳玄問道。

陣盤雖然有定位的功能，也能看到李福來和楊鴻兩人現在所處的位置，但吳玄還是有此一問。

李福來想也不想的說道：「這裡應該是南域的妖獸山脈，這裡的妖獸山脈比西域那邊廣大多了，陣盤應該能夠定位到我們這裡。我看裡面有龍族人，猜想這次行動應該和龍族有關。而且這裡還不止一撥龍虎宗的弟子，看他們的樣子，倒像是從中域的龍虎宗來的。那裡不是正被詭盟圍攻嗎？他們怎麼跑到這裡來了？」

吳玄看著遠處皺緊眉頭的李福來，他也皺緊了眉頭。西域爭奪毀滅能量，龍虎宗也派出了天君一重的龐毅，但是這回居然有三名天君九重和兩名天君一重的高手，而且還有龍族和邪族，他們到底是想要做什麼？難道真的像李福來說的那樣，是有關龍族的事？

吳玄想到這裡，眉頭皺得更深了。

「你們儘量小心，實在不行，就趕緊撤出來，我現在就過去。」

吳玄又說了兩句，才結束通話。皺著眉頭沉思了許久，吳玄找到妖王，說明了這件事。

妖王程野鈞聽完之後，也是沉思了許久，最終長長的嘆了一口氣。他的手中多出來了一塊令牌，遞給了吳玄。

「妖獸山脈那邊的事情，我也幫不了你，那裡畢竟是妖獸的地盤。但是我們在那裡也有幾處產業，你拿著這塊令牌，只要是我們妖族的產業，都會儘可能的幫忙你。只不過我們能夠做到的也很有限，如果實在不行，你就趕緊回來。我們雖然幫不到你什麼，但是只要你回到這裡，就算是妖族群起而攻之，我們也能夠保你無憂。」

吳玄也知道程野鈞的難處，畢竟他要統領整個妖族，不能因為自己的事情而使整個妖族陷入到危難當中。所以給自己這塊令牌，已經是他能夠提供最大的幫助了。

「那我現在就起程，我的那些朋友還得麻煩妖王照顧。」

吳玄拱了拱手，妖王點了點頭。

吳玄叫來了靈齡，火麒麟不在了，那肯定還要再找一個能夠保護自己的強者。靈齡雖然只有天君二重的修為，但是她用毒的手段，就算是天君九重的強者都不一定能夠倖免。

吳玄這裡還有很多九印陣盤和九紋符咒，將來自保的能力應該是有，可惜火麒麟和九尾靈狐已經離開了，要不然還能夠結伴而行。

妖王準備了一隻閃電鳥，吳玄和靈齡騎著閃電鳥，瞬間離開了妖族大營。有陣盤定位，所以這一行完全不用嚮導。

吳玄在閃電鳥的背上與靈齡說明了這一行的原因，龍虎宗的事情當然也一字不漏的說了出來。

「你要不要換一個裝扮？就你這一身裝扮，我覺得在妖獸山脈實在是太顯眼了，畢竟你還沒有與獸族打好關係。而且你剛剛說，這一行是為了龍虎宗而來，之前那一路，這片區域恐怕沒有人不知道你這個黑袍人的存在。你現在穿著這一身出現在妖獸山脈，不就明擺著告訴別人，你這位黑袍公子來到了妖獸山脈嗎？」

靈齡說到這裡，用手指了指自己的臉。

「不要小看外貌的力量，你這身裝扮出現在妖獸山脈，我敢保證，在兩個時辰的時間裡，整片妖獸山脈恐怕沒有人不知道你這位黑袍公子降臨，到時候打草驚蛇，你這一行的目的可就落空了。我這裡有幾種易容之術，你要不要試一試？」

吳玄經過靈齡這麼一提點，這才想到這件事。

李福來之前說過，這一行的龍虎宗弟子很有可能是從中域來的，既然是從那裡來的，關於西域的情報，他們肯定多多少少也會有所了解。

西域黑袍人這件事，他們也不可能不知道，畢竟有多少龍虎宗的弟子死在了黑袍人的手中；就連在西域那裡，龍虎宗的勢力及其附屬勢力都已經所剩無幾，身為這一切的始作俑者黑袍人，龍虎宗的弟子怎麼不可能一點都沒有聽說過？

吳玄穿著這一身黑袍，只要在妖獸山脈那麼一走一過，再加上他之前在南域與那上千人對峙的時候，將髒水潑到了邪族的身上，還算有些名氣。所以妖獸山脈那邊的人見到吳玄出現之後，這條消息肯定會如秋風掃落葉般，立刻傳遍整個妖獸山脈。

如果這樣，妖獸山脈那些龍虎宗弟子必定會警惕起來，到時候行事可就不方便了。

吳玄想了想，點了點頭。

靈齡笑著從自己的儲存器裡取出來一個小玉瓶。「這是我自己研製改變容貌的藥膏，除非是我的特製藥水，否則就算是硫酸潑上去，也無法洗去藥膏的藥力。」

靈齡嘴角綻放著明媚的笑容，用手輕輕的將小玉瓶當中乳白色的藥膏塗在吳玄的臉上。由於兩人的距離過近，吳玄能夠很清晰的聞到靈齡身上的一股藥香味。

「我記得妳毒靈體質的隱患不是已經消除得差不多了嗎？這應該不會影響到妳平時日常的生活吧！可能再過小半個月，這些隱患就能夠徹底去除，但妳的身上為什麼還有那麼濃的毒草味道？」

吳玄又使勁的嗅了嗅，一副臭直男沒見過世面的模樣。

靈齡看了看吳玄拚命聞著自己身上藥香樣子，不知為何，心跳猛然加速。

「這要你管！」靈齡將手中的小玉瓶塞到了吳玄的手中，然後一扭頭不再理會吳玄。

吳玄有些尷尬的看著靈齡，只得拿著藥膏自己塗抹，揉捏著自己的臉型，靈齡的聲音卻在這個時候傳出——

「由於我體質的關係，我的父親在我很小的時候就教會了我一種功法，這種功法能夠在我毒靈體質每一次爆發，痛苦來襲的時候遏制住那陣痛苦，雖然只能遏制住很小一部分，但是這對於我來說已經是非常了不得的事情了。

但是修煉這套功法必不可少的就是，需要時時刻刻的吸收毒素，這也算是與我的體質起到相輔相成的效果。雖然我體質的問題已經差不多解決了，但是我這個功法可不是那麼容易就能停止的。一旦我現在停止修煉或是自廢功法，原本暫寄在經脈骨骼當中的毒素就會瞬間反撲，到時候我只能變成一具毒屍。」

吳玄聽到這裡，一陣沉默。靈齡還以為吳玄被自己這一席話給感動，正想露出明媚的笑容，說幾句開心話時，卻聽見吳玄的聲音——

「妳還有個父親啊！我之前在千山混地遇到妳的時候，還以為妳只是一個孤兒，所以才淪落到千山混地，沒想到妳居然還有個父親。」

靈齡面色一頓，隨後那明媚的笑容僵硬在臉上。

靈齡不想說話了，但吳玄這個大直男完全沒有住嘴的意思：「咦！今天是頭一次聽妳提起妳的父親，聽妳剛剛說話的語氣，他應該還在世吧！妳怎麼不回去看看他呀？既然妳的毒靈體質已經差不多解決了，現在回去看看他，也算是讓妳的父親安心，妳說是吧？」

吳玄看著背對著自己的靈齡，有些好奇的戳了戳她的肩膀。

「說話呀！妳怎麼不說話了？妳說個話呀！為啥什麼也不說了？說啊！」

等到兩人來到妖獸山脈之前，閃電鳥隨即返回妖族。

靈齡在閃電鳥的背上被騷擾了小半個時辰，現在目光再看向吳玄的時候，有一股想要殺人的衝動。

吳玄被這目光看得不由得縮了縮脖子，小聲說道：「呃……我們現在要進去嗎？」

靈齡沒好氣的瞥了一眼吳玄，冷哼一聲：「你覺得呢？要不然我們到這裡來是要做些什麼？」

吳玄看著略顯暴躁的靈齡，有些疑惑：她……這是怎麼了？更年期到了？

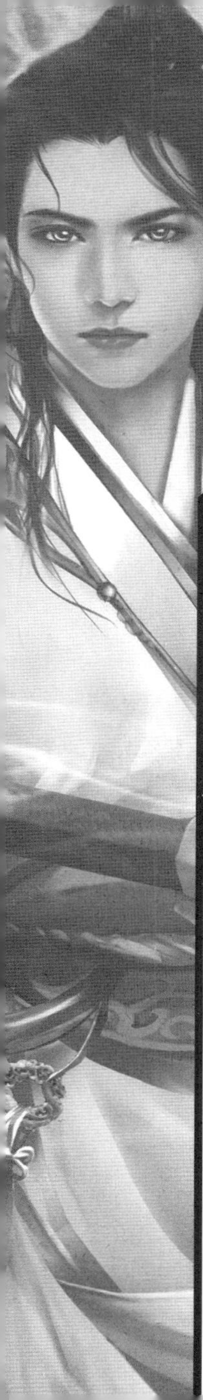

第四章

鐵血傭兵團

吳玄現在還沒有進入到妖獸山脈，就能看見遠處各種各樣的妖獸在大地上跑來跑去。雖然這些妖獸的修為都比較低，但是這裡的妖獸相較於西域那裡的妖獸山脈來說，實在是活躍太多了。

這些低修為的妖獸也知道自己有幾斤幾兩，所以看見各族修煉者的時候，都盡全力的朝著自己的巢穴跑去，生怕被哪個心情不好的修煉者打了牙祭。

在南域的妖獸山脈，除了妖獸多到無窮無盡以外，吳玄還能看到很多傭兵組織和冒險團正在招人，這是吳玄在西域的妖獸山脈很少見到的一幕。當初吳玄在那裡的時候，雖然也見過不少的傭兵，卻沒有見到像這樣現場招人的傭兵。

吳玄用了靈齡那種改變容貌的藥膏，此時已經變成了一個滿臉鬍子的大叔，看上去有一種沉穩可靠的感覺，只不過這個人斷了一隻胳膊。

吳玄的背後背了一把木劍，這正是之前用乾坤木打造的那一把木劍。所以他現在的造型看上去就像是一個沒什麼錢，也沒什麼地位的散修。

靈齡也改變了容貌，原本就如同小蘿莉的她換上了一副滿臉皺紋的妝容，佝僂著後背，遠遠看上去就像是一個有些歲數的老太婆。尤其她的手中不知何時出現了一根拐杖，佝僂著後背，再加上她的體型，就和真正的老太婆沒什麼區別了。

兩個人出現在這座妖獸山脈，看上去就像是一個年紀大的母親帶著自己的兒子，來到妖獸山脈歷練一樣。

兩人出現後瞬間引來不少修煉者的目光，在妖獸山脈當中，自然不缺乏傭兵，而這些傭兵大部分都是由人類傭兵團組成；雖然也有異族人組成的傭兵組織，但是這樣的傭兵團很少。

這些傭兵的修為或高或低，有些是由至尊級別的修煉者組成，裡面也有幾名武聖級別的修煉者壓陣。雖然也有天君級別的強者在某個傭兵團裡，但是總體來說，來到妖獸山脈的天君級別修煉者人數極其稀少，吳玄一眼望去，只看見了兩名天君級別的高手坐鎮於此。

有些隊伍則是只有靈王級別的修煉者，像這種級別的修煉者組成的傭兵隊伍，他們只是活躍在妖獸山脈的最周邊，靠斬殺一些低階妖獸來換取錢財。他們的目的只是為了歷練，而不是為了發財。

當然，也有專門獵殺低級妖獸賣給普通人賺錢的，不過做這種買賣的在玄荒大陸上已經形成了一種特殊商隊，這種商隊每個月都會進入妖獸山脈，到低級妖獸群裡斬殺大量的妖獸，經過加工或者再加工，將生產出來的產品賣給普通人。

比如說妖獸的肉類，再或者將妖獸的皮甲做成盔甲，妖獸的骨頭可以做成各種裝飾品，大型妖獸的骨架還能做成桌椅板凳。這些東西深受普通富人的重點關注，想要靠自己努力發家致富的例子不少。

當然，這些人當中也有很多都是一些家族或者族群的強者，帶著自家後輩前來歷練。這一些修為非常的人帶著弟子，都是在妖獸山脈的周邊，只不過南域妖獸山脈的周邊相較於西域妖獸山脈的周邊，實在是恐怖得多。

吳玄便是要加入這些傭兵組織，進入到妖獸山脈當中。這一些傭兵的修為最好在大帝級別左右，這樣既可以深入妖獸山脈，又可以不受到太多人的關注。

由於吳玄和靈齡是人類的緣故，所以那些由人類組成，並且急需招募成員的傭兵團便拋出了橄欖枝。

妖王之前已經提醒過吳玄，南域傭兵盛行，但吳玄無論如何也沒想到居然盛行到如此地步。這一路走來，遇到了至少上千支傭兵組織，每支傭兵組織好歹都有十來個人，人數多的甚至高達五十個。

「我還是第一回看見如此眾多的傭兵組織。我們要加入哪一支？我看這支就不錯，裡面傭兵的修為大多都在大帝三重左右，還有一個大帝九重的修煉者壓陣。以這些傭兵的實力，進入到妖獸山脈內部應該是沒有問題。」

吳玄指著面前的一支傭兵團，說道。靈齡想也沒想的就點了點頭，她此行的目的只是為了保護吳玄，至於吳玄如何選擇，與她無關。

李福來他們就是定位在妖獸山脈周邊，即將進入內部的那一塊區域。以這些人的修為，足以進入到那片區域。

至於兩人為什麼不單獨進入到妖獸山脈？那是為了打聽情報。

這支傭兵團的名字叫作「鐵血傭兵團」，裡面的成員全都是人類。為首的是兩個渾身上下都是肌肉的雙胞胎，也正是這兩個人在招募成員。

他們的隊伍當中已經有了七個人，吳玄和靈齡將身上的修為壓制到大帝五重，所以當兩人表明要加入雙胞胎大漢這支鐵血傭兵團時，這兩個大漢露出了開心的笑容。

其中一個個子略高一些的大漢說道：「我的名字叫作『張德』，這個是我的弟弟張文，歡迎你加入我們鐵血傭兵團。你們再等一等，等到招夠了十二個人，我們就出發。」

個子略矮一點的弟弟張文露出了憨厚的笑容。「兩位叫什麼名字？這幾位都是我們招募來的成員，到時候進入妖獸山脈，大家一定要互幫互助。」

「你們可以叫我『仇復』。」

「我叫『靈齡』。」

知道「仇復」這個名字的人不多，靈齡也是一直在千山混地當中生活，因此知道「靈齡」這個名字的人也少之又少，所以兩個人報出這兩個名字也不會遭人懷疑。

又過了小半刻鐘的時間，伴隨著最後幾個招募進來的成員入隊，由十二個人組成的鐵血傭兵團就此出發。

哥哥張德擁有大帝九重的修為，弟弟張文的修為在大帝五重，其餘人的修為都在大帝三重左右。

整支鐵血傭兵團當中，除了靈齡裝扮成的小老太婆以外，還有一個四十左右歲的女子。她一身幹練的武服，幹練的短髮，腰間佩著一把寶劍。不得不說，她身為整支隊伍當中唯二的女子，還是極受歡迎的，在傭兵團裡能走出一個女子，已經算是極為難得的了。

「各位好呀！我的名字叫作『呂蘭』，很高興終於能和大家一起進入妖獸山脈。」

這名幹練的女子先自我介紹一番，周圍的傭兵都笑著回應。

只聽呂蘭繼續說道：「我聽說妖獸山脈最近出現一陣陣龍吟，大家知道這是怎麼回事嗎？難道蟄伏多年的龍族這幾天又開始活躍起來了？」

吳玄和靈齡兩人互相對視一眼，雖然都沒有說話，但是耳朵卻豎了起來。

隊伍最前方，張德身後跟著的一個精瘦中年人開口說道：「前幾天我也聽到了，那可是整座妖獸山脈最核心的地方，我們這種人肯定是進不去的。但是我聽說龍虎宗好像來了好多人，我在這裡已經待了大半個月，幾天前我還看到一撥又一撥龍虎宗的弟子進入到妖獸山脈當中，也不知道龍虎宗到底想要幹些什麼。」

吳玄看著這個中年男子，他有印象，這人的修為僅次於張德，他的名字叫作「姚起雲」，有著大帝八重的修為。

呂蘭聽到這裡，有些驚訝。「龍虎宗的人怎麼來到這裡了？他們不是在中域被詭盟的人困住了嗎？什麼時候來的啊？」

姚起雲搖了搖頭。「我也不太清楚，而且還不僅僅只是龍虎宗的人，最近我發現有很多強者都進入到了妖獸山脈的核心地帶。前幾天我還看見有幾百個人組成的隊伍進入到妖獸山脈當中，裡面至少有五名天君級別的高手。我覺得在妖獸山脈裡面應該是有什麼珍奇異寶出世，要不然也不可能吸引來這麼多高修為的修煉者。」

呂蘭聽到這裡，深感詫異。她忽然將頭側向了吳玄，又看了看小老太婆模樣的靈齡，有些好奇的問道：「話說，你們兩位是一起的嗎？你們兩個來到這裡是為了什麼呀？我聽說在妖獸山脈有一朵極為珍貴的靈藥，叫作『地蘭草』，它可以解毒。我是為了我丈夫來的，你們這是為了什麼呀？」

呂蘭看了看走在隊伍最末尾的吳玄和靈齡，有些好奇的詢問道。

靈齡搶先回答：「我和他是一起的，我是他母親，也是為了前來尋找一株靈藥。我這孩子也長大了，順便歷練一番，要不然等我走了之後，我這孩子沒有一點戰鬥經驗可不成。」

吳玄聽到這裡，感覺有無數隻烏鴉在自己的頭上亂飛。沒好氣的瞪了一眼露出明媚笑容的靈齡，勉強露出了一抹笑容。

「我的確是來妖獸山脈歷練的，這是第一次來，所以還是有些緊張。」吳玄適當的露出一副懼怕的模樣。

姚起雲笑著說道：「行，如果遇到了強大的妖獸，你就躲在我的身後。我之前從奇物閣裡買來一件保命的符咒，如果遇到了解決不了的危險，我這張符咒還能幫我們保命。哈哈哈……希望我們不會遇到解決不了的問題。」

就在姚起雲這句話剛剛落下，遠處的樹林當中，忽然傳來了一陣陣窸窸窣窣的聲音。

張德和張文兩人的面色一變，姚起雲也是變得警惕起來。

「大家小心！恐怕有妖獸。」

張德大喊一聲，幾人瞬間組成一個圓形。張德、張文和姚起雲站在最外面，目光緊緊盯著發出聲音的方向。

那裡鑽出來一隻花白猛虎。

「這是白玉虎，有著大帝八重的修為，大家千萬要小心。」張德看了一眼這隻花白大虎，就判斷出這是哪一種妖獸，並立刻出言警示。看得出來，張德是經常出入妖獸山脈的。

白玉虎目光在眾人的身上掃視了一圈，雖然牠已經察覺到張德身上那大帝九重的氣息，但是牠似乎一點都不害怕，森白的牙齒間流出了腥臭的口水。

「大家一會兒要小心，這隻白玉虎的移動速度在同等級的妖獸當中也算是快的，牠們的力氣也比同等級的妖獸要大，大家千萬要小心。」張德看著即將攻擊的白玉虎，再次警示道。

雖然這隻白玉虎只有大帝八重的修為，而鐵血傭兵團當中有著大帝九重的張德和大帝八重的姚起雲，但是仍舊不敢小覷這隻白玉虎。

白玉虎見到了鐵血傭兵團的眾人也不害怕，直接朝著眾人一齜牙，隨後以極快的速度撲了過來。

這隻白玉虎的身上縈繞著一團靈力護盾，前爪之上也蘊涵著強大的靈力氣流。

張德大吼一聲，在他手中出現一把藍色的大刀，刀身上縈繞著青色的光暈。法印落水刀！天賦青色。

在這把落水刀出現的那一刻，周圍的空氣短時間之內就變得黏稠許多。張德手中的藍色大刀在半空當中劃過，一道水幕出現在眼前。

白玉虎的身軀撞在水幕之上，被砸出去數米遠的距離。但是牠沒有氣餒，相反，雙眼之中的凶狠之色益發顯現。

白玉虎的身邊忽然染上一層綠色的光暈，最後一隻擴大數倍的白玉虎出現在眾人面前。這隻白玉虎的法印就是牠本身，更確切的說是加強版的白玉虎。

白玉虎揮動手中的爪子，加大了數倍的白玉虎虛影也揮動了爪子，鋒利的爪子直接抓向張德！
張德大吃一驚，手中藍色的大刀向外劈出一道道藍色的靈氣斬。一道道靈氣斬落在白玉虎的虛影上，炸開了一道道水霧，只不過仍然沒有阻攔白玉虎的腳步。
張德見到這一幕，身影不由得向後倒退。
一旁的姚起雲卻在此時衝了過來，他的手中拿著一把寶劍，身後出現一個古代士兵模樣的虛影，虛影上纏繞著青色的光暈。
法印妖兵！天賦青色。
姚起雲手中的寶劍已經落在白玉虎的身上，同為大帝八重的他，手中的寶劍僅僅在白玉虎外面罩著的那層虛影上留下了一道不深不淺的劃痕。伴隨著靈力修復，那道劃痕漸漸消失。
而妖兵此時也拔出懸掛在腰間的佩劍，如同剛剛的姚起雲一樣，手中的寶劍直接插在白玉虎的後背。只不過這一劍的威力仍舊有限，寶劍只是沒入白玉虎身軀的一半，便被一股靈力氣浪震飛。

白玉虎目光凶狠的瞪著姚起雲，牠的身上忽然爆發出一股極強的靈力氣浪，靈力氣浪在半空中幻化出白玉虎那隻巨大的虎爪。虎爪自天而降，直接壓向姚起雲，他所在的地面被這隻虎爪上的靈力壓迫得出現了不同規模的塌陷。

姚起雲見到這一幕，只得調動全身的靈氣抵擋。

一旁的張德也在此時不斷揮出一道道的靈氣斬，轟擊在白玉虎的身上。只不過他所造成的傷害也極為有限，相對的這也影響了白玉虎移動的速度。

張德也在此時來到了姚起雲身前，手中的落水刀直接將半空當中的虎爪劈成兩半。一股靈力氣浪使得兩人的身軀也連連向後倒退了數步，才堪堪穩住身軀。

這邊的戰鬥在爆發的那一瞬間便已經達到高潮，呂蘭這邊到了現在才反應過來。

雖然這些人的修為並不高，但是他們長年在妖獸山脈當中活動，經過大帝八重白玉虎對心靈造成少許的震撼之後，他們立刻就做出回應。

除去吳玄和靈齡兩人，剩下的八名傭兵取出自己的武器，一道道法技隨即落在白玉虎的身上。

他們的攻擊雖然非常迅猛，但是奈何他們的修為實在太低，除去剛才那個大帝五重的修煉者，有六名傭兵的修為都在大帝三重，只有一名大帝七重的傭兵才算是這些人當中修為最高的一個。

不過這些人的攻擊還是有用的，經過之前一陣狂轟亂炸，白玉虎身上的虛影也變得黯淡許多，於是這隻白玉虎的目標也轉移到這些人的身上。

「大家趕緊向後退，分散開來！」張德大喊了一聲，揮動著手中的落水刀擋在了白玉虎的面前。

只不過大帝八重的白玉虎卻是一巴掌就將張德震退了三步。所幸的是張德的靈氣修為要比白玉虎高一重，要不然這一巴掌可就不僅僅只是讓張德被震退三步那麼簡單了。

白玉虎仍舊撲向了若干大帝三重的修煉者，這隻白玉虎雖然還沒有幻化成人形，但是靈智已經不低於一些成年人了。牠的目標是先解決這些煩人的低修為修煉者，然後再去對付大帝九重和大帝八重的修煉者。

這隻白玉虎的雙眼在眾人的身上梭巡一圈，最後目光定格在一個滿臉鬍子拉碴的大叔身上。牠又看了看這個中年大叔身旁的矮小老太婆，舔了舔嘴脣，立刻朝著兩人撲了上來。

白玉虎的速度就連張德都追不上，唯一能夠做到的就是連續發動攻擊減緩白玉虎的移動速度。只不過他的連番攻擊落在白玉虎身旁的虛影之上，只是讓虛影出現一道道的波紋，次數多了，虛影在落水刀連番攻擊之下也出現一道道裂痕。不過白玉虎似乎不在意這些，仍舊以極快的速度撲向了中年人。

吳玄有些發愣的看著白玉虎：你找誰不好，偏偏找到了我。閻王叫你三更死，你偏要趕著兩更，甚至連一更都不到就想要魂歸幽冥了，這隻白玉虎也真會挑人。

吳玄的身體往後一斜，雙腳快速的在地上踩動。一股氣勁從腳下爆發，腳下被踩過的地面留下了半尺深的鞋印。

靈齡神色也是呆了一下，她也沒想到白玉虎居然直接把目標鎖定在自己兩人身上。她的嘴角露出一抹古怪的笑容，身影也輕飄飄的追上了不斷向後倒退的吳玄。

白玉虎還以為兩個人害怕了，雙腿也猛然之間蹬踢地面，身影如同一道白光，直接撲向兩人。

張德和姚起雲同時嚥了一口唾沫，這才是妖獸捕食獵物時真正爆發的潛力。兩個人互相對視一眼，同時為中年人和老太婆默哀。

姚起雲手中已經出現了一張六紋符咒，這張符咒足以秒殺至尊八重左右的修煉者。他原本打算著潛入到妖獸山脈深處再使用，沒想到現在就遇到麻煩，得要使用這張符咒了。

兩人不斷朝著已經遠去的白玉虎追了過去，只不過白玉虎的速度實在太快；而且這支鐵血傭兵團可不僅僅只有那兩個人，還有呂蘭、張文這種修為的修煉者，所以這兩人只得先將原本為了躲避白玉虎而分散的鐵血傭兵團其餘幾人召集過來，這才朝著白玉虎的方向追了過去。

只不過這些人對於那個中年人和老太婆已經不抱多大希望了，兩個大帝五重的修煉者，就算速度再快，也不可能快過一隻大帝九重的妖獸，更何況這隻妖獸還是在盛怒當中。

只不過當這兩人追上前面的中年人和老太婆的時候，卻發現一柄木劍已經貫穿了白玉虎的腦袋，而且這隻白玉虎腦袋的方向居然是朝著自己這一方的。就像是白玉虎受到了什麼威脅，想要趕緊逃跑，但是剛剛轉身，就被人用木劍貫穿了自己的腦袋，臨死之前連吼聲都發不出來。

張德和姚起雲兩人同時嚥了一口唾沫，他們難以置信的看著坐在白玉虎屍體上的吳玄，呂蘭的聲音都顯得有些顫抖——

「這隻白玉虎是你幹掉的？你是怎麼做到的？」

剛剛張德和姚起雲兩個人聯手都沒有辦法幹掉白玉虎，她可是看得清清楚楚，那可是一名大帝九重和一名大帝八重的修煉者聯手，卻被中年人還有他的「母親」這麼輕易的幹掉了。

從白玉虎追趕兩人到眾人趕來，這中間可是連一盞茶的時間都沒有，這隻白玉虎就這麼被殺死了，這也太恐怖了吧！

吳玄看了一眼靈齡，靈齡手中多出了一根泛著綠光的銀針。

「我帶我兒子來到妖獸山脈，肯定不是沒有準備的，要不然就我們倆的修為，很有可能還沒有進入妖獸山脈的內部，就已經被妖獸給吃了，所以我前段時間買了一些毒針用來防身。這隻白玉虎便是中了我的毒針，身軀無力，然後又被我兒子捅了一劍，這才被殺死。」

靈齡說這話的時候，一直朝著吳玄擠眉弄眼，一句一個「兒子」，叫得分外親切。

吳玄只得萬分無語的看著靈齡，不想再和她說話了。

「理解、理解……」

張德、張文以及姚起雲同時嚥了一口唾沫，來到妖獸山脈，不可能連點保命的物品都沒有，就像姚起雲的手裡有那一張符咒一樣，張德和張才這裡也有一樣保命的物品。只不過這只是在自己的生命遇到安全隱患的時候才會使用，呂蘭那邊同樣也是。

在鐵血傭兵團的隊伍裡，所有人的手中至少有一件保命的物品，所以他們都非常理解老太婆和中年人的做法。

「那麼這隻白玉虎應該怎麼分？」忽然有人說道。

白玉虎只有一隻，但是白玉虎身上的每樣東西都非常值錢，這該怎麼分，倒成了一個問題。

其實剛剛出力最多的是張德和姚起雲，但是如果沒有中年人和老太婆用保命武器殺死白玉虎，他們也會與白玉虎失之交臂。

「這隻白玉虎就讓給你們吧！我們這次來到妖獸山脈，只是為了尋得一株靈草，中間得到任何值錢的東西都歸你們，只要你們把我們想要的那株草藥讓給我們就行。」吳玄看了一眼一旁的靈齡，忽然開口說道。

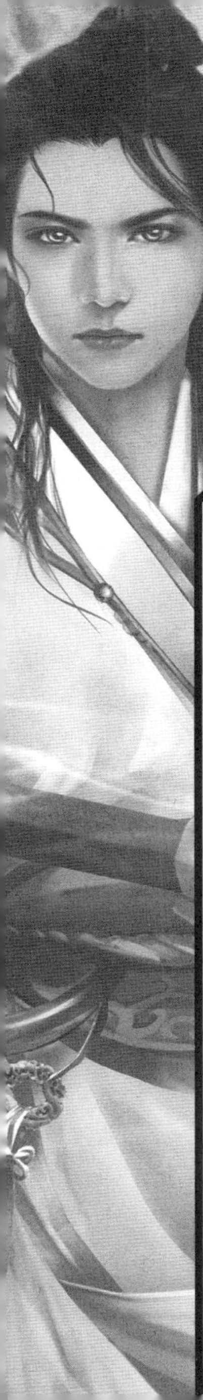

第五章

黑影

吳玄的這一句話，瞬間讓在場的傭兵興奮起來。他們看著張德和姚起雲，只等著兩人開口。

這隻白玉虎身上最值錢的東西，最終被姚起雲和張德兩人分走；其他或值錢或不值錢的東西，則是分給了傭兵團其他的眾人。

這畢竟是白玉虎，就算是身上其他那些不怎麼值錢的東西放在市面上，也能賣出極高的價格，更何況這還是一隻大帝八重的白玉虎。

這些人剛剛只是耗費了一點靈力而已，一點點靈力便分到了這種價值數千銅幣的東西，他們怎麼能不高興？

所以整個鐵血傭兵團一下子顯得熱鬧起來，一個個從剛剛組建隊伍時的陌生，直到現在才徹底成為很好的戰友。

嗖嗖嗖……

也就是在鐵血傭兵團這些人熱情高張的瓜分著白玉虎身上留下來的寶物時，遠處忽然傳來數十道破空聲，緊隨而來的是數十道人影。

有些人當中修為最弱的也有大帝五重的實力，修為最高的是一名至尊八重的修煉者，這十幾個人的身上統一穿著宗門的服飾。

原本熱情高張的傭兵見到這十幾個人出現，瞬間警惕起來。察覺到這些人身上流動的靈氣波動時，一個個都變得萬分緊張，額頭上都冒出了冷汗。

這些人中，可是有不少至尊級別的修煉著，他們來到這裡要做些什麼？難道是為了爭搶自己等人剛剛獵殺的白玉虎？但是這些人有著至尊級別的修為，應該看不上這隻有大帝級別的白玉虎。既然如此，他們為什麼又突然出現在這裡？而且似乎還在尋找些什麼。

為首那名至尊八重的修煉者目光冰冷的從眾人身上掃過，隨後朝著身後眾人搖了搖頭。

「剛剛的打鬥應該是他們獵殺這隻白玉虎造成的，牠不在這邊，繼續尋找。」這名至尊八重的修煉者朝著與他穿著同樣服飾的弟子說了這麼一句話，隨後又以極快的速度飛離了此地，也不帶停留的。

這十幾人走了之後，鐵血傭兵團的眾人這才長長的鬆了一口氣，在不知不覺間，汗水已經浸透了他們的衣衫。

張文似乎想到了什麼。「看他們剛剛穿著的服飾，應該是龍虎宗的弟子。龍虎宗又是在尋找什麼？他們真的已經把手伸到了我們南域？我覺得再過不了多久，這裡會更加混亂。」

張德深有同感的點了點頭。「之前有幾個與我交好的兄弟從妖獸山脈出來，聽說前段時間妖獸山脈處處爆發戰鬥，大部分都是人類與人類之間的戰鬥，很少有人類與異族或是與妖獸之間的戰鬥，而且以龍虎宗的人數居多，真不知道他們這是想要做些什麼。」

姚起雲也有同感的說道：「對啊！而且我還聽說火麒麟和九尾靈狐今天離開了妖獸山脈，龍族領地那邊也出現了大規模的靈氣波動，還有一陣陣龍吟聲傳出。在妖獸山脈的核心地帶，這段時間更是風雨雷電交加不斷，我們這次來得好像還真不是時候。」

呂蘭沉默了許久。「要不我們先回去，等到這邊的混亂結束了再過來？不然我總感覺，這裡實在是太危險了。」

傭兵團的其餘幾人也七嘴八舌的開始討論起妖獸山脈的近況，到了現在，天色已經黯淡下來，鐵血傭兵團的眾人也布置好了防禦措施，搭好了帳棚，一邊討論著妖獸山脈周圍的形勢，一邊從自己的儲存器裡拿出食物食用。

吳玄和靈齡則是跟著眾人坐在兩邊，認真的聽著他們訴說近況。

「對了，前段時間好像看見詭盟的人，他們好像也進入到了妖獸山脈，來的那些人至少也是武聖級別的修煉者，他們好像已經進入到妖獸山脈的核心地帶。他們這麼做，也是為了與龍虎宗爭奪某樣天地異寶吧！」

張德似乎想到了什麼，他回想著前段時間自己和幾個交好的傭兵團團長談論的那些事，此時也是為了打發無聊時間一般說了出來。

吳玄聽到這裡，耳朵豎了起來。

一旁的姚起雲接話道：「不僅如此，我聽說日月神族那邊似乎也在配合這次的行動，他們那裡好像也派出了幾名天君級別的修煉者從旁輔助。只不過每次有天材地寶出世，總會有天地異象出現，這一回連一點風聲都沒有，這著實有些詭異。」

吳玄聽到這裡，眉頭深深的皺了起來。

就在此時，遠處忽然傳來一陣破空聲，隨後，一道黑影以極快的速度從遠處疾馳而來。

由於現在天色已經徹底昏暗下來，所以無法看清這道身影的容貌，甚至連他是不是人類都無法判斷，畢竟在南域的妖獸山脈，人類是極為稀少的。

這裡可不同於人類世界那邊，每到夜晚，處處充滿火光，即使是夜晚也亮如白晝。這裡一旦到了夜晚，可真的是伸手不見五指，如果有月亮和星星那還好，能夠勉強看清道路；但如果是月黑風高的夜晚，也就只能用靈力照亮前路。

所以眾人只看到有一道黑影，以極快的速度朝著自己這邊暴射而來，瞬間警惕了起來。

那道身影似乎也發現這邊有火光，在遠處停頓了片刻，朝著另一處昏暗的地方，以極快的速度遠去。眾人見到這一幕，這才鬆了口氣。

不過這口氣還沒有鬆完，又是十幾道身影陸續出現在黑影剛剛停頓的地方，他們似乎也見到了這邊的火光，居然朝著這邊衝了過來。

這是下午遇到的那一群龍虎宗弟子，修為最強的那個至尊八重修煉者在眾人群中掃了一眼，又往眾人的帳棚當中看了一圈，隨後問道：「你們剛剛有沒有看到什麼東西過來？」

在場眾人相互對視一眼，張德開口說道：「剛剛確實看到了一道黑影，但是他朝著那個方向跑去了。」

張德用手指了指黑影消失不見的地方，聲音顯得有些緊張。

至尊八重的修煉者瞟了一眼張德，點了點頭，朝著他手指向的那個方向追了過去。

等到這群人再次離開，張德這才抹了一把額頭上的冷汗。

「那到底是個什麼東西？居然引來了這麼多龍虎宗弟子的追殺。我們要不要去看一眼？」張文嚥了一口唾沫，看著那道黑影與龍虎宗眾人消失的方向，開口問道。

張德聽到這話，沒好氣的瞪了一眼自己的兄弟。「你這是要找死不成！就算我們僥倖追到了那道身影，你覺得龍虎宗那邊會放過我們嗎？那裡可是有著至尊級別的強者，我們這群人還不夠人家一巴掌呢！」

張文聽到這話，只能訕訕的笑了笑。

吳玄對於那道黑影則是頗為的好奇，那畢竟是龍虎宗追趕的東西，一看就是與龍虎宗非常的敵對。只要是與龍虎宗敵對的，無論是人還是任何勢力，他都非常的感興趣。

「大家早點回去休息吧！今天我們來守夜。」吳玄看著已經有了些睏意的眾人，率先說道。

張德有些詫異的看著吳玄，最後點了點頭。「既然你想留下來守夜，那今天晚上我們的安全就交給你們了。」

鐵血傭兵團的眾人回到了帳棚，沒過多久便傳來了一陣陣呼嚕聲。當然，這裡畢竟是妖獸山脈，也有一部分人選擇以修煉度過夜晚。

吹滅了篝火，整片世界再次恢復黑暗。

但是就在黑暗當中，一道黑影以極快的速度朝著這個方向疾馳而來。只不過這一道黑影似乎發現這邊有人類存在，所以又停頓了片刻，朝著另一個方向以更快的速度逃遁而去。

「妳在這裡守一下，我去看看那到底是個什麼東西。」吳玄眉頭緊皺，對著身旁的靈齡說道。

靈齡點了點頭，吳玄的身影瞬間消失在原地。

黑影的移動速度極快，吳玄運用空間之力，只能遠遠的跟在黑影身後。

這一路上，吳玄已經發現了有數十支隊伍正在追趕著這道黑影。這些隊伍統一是由龍虎宗的弟子組成，每一隊當中，修為最高的大多都在至尊八重左右。

那道黑影似乎是在原地繞圈，每當他碰到由龍虎宗弟子組成的隊伍攔截他時，他就會以更快的速度朝著另一個方向遠遁而去。只不過往往那一個地方，也有不少龍虎宗的弟子攔截他。

這就形成了一個包圍圈，無論這道黑影的速度再怎麼迅速，最終也只是在龍虎宗的包圍圈當中來回徘徊。而且這個包圍圈還在快速的收縮，再用不了多久，就算黑影的速度再快，也沒有地方可以逃遁了。

吳玄的身上罩上一層黑袍，以他現在武聖一重的修為，想要跟著一道貌似只有至尊八重的黑影，那還是遊刃有餘的。

黑影的身上也穿上了一層黑袍，在這個地方，完全無法看透他的面容，身上的氣息貌似也被某樣物品壓制著。看他的背影，倒像是個人類，只不過妖獸到了一定程度，就能幻化成人形；南域也有很多異族人的容貌酷似人類，比如火族人和雷族人。所以單看他的身形，並不能判斷出他到底是什麼族群的。

只不過這道黑影的肉體力量極為驚人，即使黑影體內的靈力似乎消耗得所剩無幾，但他每一次移動，大多數都是以肉體力量為主，所以每一步踏出，都能在地面留下一道淺淺的腳印。

即使如此，他的速度也是越來越慢，看樣子已經到了油盡燈枯的地步。

吳玄看著那道黑影的速度越來越慢，而龍虎宗弟子追殺這道身影的速度則越來越快，吳玄的身影消失在了原地。

那道黑影正在拚命的向前奔跑，他似乎沒有注意到前方多出了一道人影，在全速奔跑的狀態之下，身軀瞬間撞在此人的身上，這就如同一隻小白兔撞上了一棵百年老樹的感覺一樣。

黑影以極快的速度被撞退了十幾米的距離，又踉踉蹌蹌向後倒退了數十步，這才勉強穩住自己的身形。也就是在這個時候，這道黑影頭上戴著的黑袍露出了一角，那是一張女子的面容。

只不過這並不是普通的女子，伴隨著頭頂上戴著的黑袍緩緩的滑落，露出來兩根光滑的龍角。

這居然是一個龍女！

只不過這個龍女只有至尊八重的修為，身上的衣裳也多處破損，即使身上裹著的這一層黑袍也有很多處劃破的痕跡，膝蓋以下的黑袍更是出現大半片汙泥，一看就是被絆倒摔在地上沾染上去的。

龍女勉強穩住了自己的身形，艱難的抬起頭，一眼就看見戴著陰陽臉面具的黑袍人。她臉上的神色先是一頓，一轉頭就打算朝著相反的方向逃跑，因為在她看來，這個突然出現的高手也肯定也是龍虎宗派來追殺她的。

只不過龍女剛剛轉過身，想要朝著黑袍人對面急速逃離的時候，她卻發現，黑袍人已經出現在了她的面前。

她極為詫異的回過頭去，剛剛黑袍人所在的地方只留下了兩道淺淺的腳印，腳印雖然很淺，一陣輕風吹過，那兩道淺淺的腳印就徹底被灰塵淹沒，但是存在過的痕跡卻是無法抹除的。

龍女的第一個反應便是——這人有著極快的身法，而且這人的修為比她還要高，即使她拚盡全力也很難從此人的手中逃離。

龍女有了這個想法，索性也就不逃跑了，因為就算想逃也逃不掉。

龍女的聲音顯得有些沙啞，可能是由於這段時間疲於奔命的關係，她說話的聲音都顯得有幾分粗重。這是受過內傷，體內的臟器，包括經脈靈力運行不順暢的表現：「你殺了我吧！就算我死，我們龍族的東西也永遠不會交給外人。」

龍女說完這句話，居然就站在原地，身上散發著一股死志。龍女想到了接下來可能面臨的一箭穿心的下場，或者被面前這個人類直接捆起來的一幕，她乾脆閉上了眼睛。

但是過了許久，她仍未察覺那個戴著陰陽臉面具的黑袍人做出任何動作，有些狐疑的將眼睛睜開了一半。卻看見黑袍人仍然站在那裡沒有動，似乎是在思考著什麼事情。

吳玄確實是在思考，如果是尋常的種族，吳玄二話不說，就會將她帶離此地，為她找一處安身之所，至少不會被龍虎宗的人追殺。但是面前這個卻是龍族，他可沒忘了玄祖屠龍的那件事。

所以對於龍族，吳玄是非常厭惡的；龍虎宗那就更別說了，如果吳玄這輩子不滅掉龍虎宗，要麼他死，要麼他就不姓吳！

只不過龍族那件事已經是億萬年以前的了，即使仍然有著再大的仇恨，和現在的龍虎宗相比，龍族還算是好的了。

而且，吳玄心中還有一個疑惑——龍虎宗和龍族的關係不是一向極為緊密嗎？這個時候怎麼開始追殺起龍族的人？而且這個龍女，一看就是身分不簡單，雖然她身上的衣袍多處被劃破，但是透過衣袍的布料，就能夠看到人類貴族獨有的絲綢。

之前吳玄大鬧龍虎宗的時候，一干龍族人二話不說便出手幫忙，為什麼這個時候龍虎宗選擇和龍族人大打出手？還是說在這邊妖獸山脈的龍族人，和龍虎宗裡的那一批龍族人並不是一夥人？

吳玄的腦海當中反覆權衡著利弊，他甚至想看到龍族和龍虎宗狗咬狗的一幕。畢竟無論是龍虎宗還是龍族，他都沒有幫他們的必要，更沒有幫他們的心情。

但也就是在這個時候，龍虎宗的那些弟子已經圍了上來。可別忘了，這個龍女正在遭受數名龍虎宗弟子的追殺，雖然這些人當中修為最高的也只有至尊九重，但是這裡可不止是一撥人。

所以當黑壓壓數百號龍虎宗弟子將此地包圍得水泄不通時，龍女那佈滿灰塵以及汙泥的額頭上也滴出來密密麻麻的汗水。

在場聚集著至少有十數名至尊八重的修煉者和五名至尊九重的修煉者，至尊五重以下以及大帝級別以上的修煉者更是數不勝數。

吳玄有的時候也不得不感嘆，為什麼龍虎宗的人這麼多？他當初在中域已經幹掉了不少龍虎宗的人，詭盟和龍虎宗拚命廝殺的時候，又是死去了不少龍虎宗的成員，西域更是折損了大量龍虎宗的弟子和勢力。但是現在他的面前又蹦出來如此眾多的龍虎宗弟子，龍虎宗到底有多少人？

有一名至尊九重的弟子看見了黑袍人，有些摸不準黑袍人到底是哪一夥的人，所以有些猶豫的開口說道：「這位前輩可否行個方便，我們都是龍虎宗的弟子，這個龍女是我們龍虎宗的仇敵。只要前輩不要插手干涉此事，來日我們龍虎宗必有厚報。」

龍女的目光極為複雜的看著黑袍人與龍虎宗弟子，前面是自己壓根兒沒有勝算的黑袍人，身後是自己極有可能突破的龍虎宗弟子。想到這裡，龍女瞬間轉身，衝向了若干至尊八重龍虎宗弟子組成的包圍圈。

龍女的身影衝出去的那一刻，她的身上已經出現一層層金光燦燦的鱗片。僅僅在一瞬的時間裡，龍女的身體快速變大，身上的鱗片也快速的覆蓋住她的全身，只是片刻的時間，一隻足有百丈大小的金龍便出現在眾人的眼前。

金黃色的大龍嘴中吐出了大量金黃色的靈力風暴，靈力風暴將周圍的龍虎宗弟子絞殺，牠龐大的龍身也朝著阻攔著牠的幾個至尊八重的龍虎宗弟子衝了過去。

只不過牠身上的鱗片有多處佈滿裂痕，想必也是之前與龍虎宗弟子戰鬥的時候受到的重傷，到了現在還沒有痊癒。所以即使這一條大金龍聲勢駭人，但是發揮的實力也確實有限。

反應過來的龍虎宗弟子紛紛取出自己的武器，朝著龍女展開一次次攻擊。龍女龍身體周圍的靈氣也僅僅只能震碎一些修為較弱的龍虎宗弟子發出的攻擊，那些擁有至尊五重以上修為的修煉者發動的攻擊，會使得龍女身上的鱗片炸開，大量的鮮血順著金黃色的鱗片緩緩的滴落在地上。

反應過來的至尊九重龍虎宗弟子也紛紛上前轟擊龍女的金黃色身軀，又是大量的金黃色鱗片從龍女的身上破開，腥臭刺鼻的龍血瞬間灑滿眾人身下的整片大地。

「吼！」

伴隨著一聲聲夾雜著極度痛苦的龍吟聲傳出，龍虎宗的弟子顯得更加瘋狂。

有很多弟子用手接住龍血，吸收了龍血當中的精華，對於自己日後的修煉有著極為顯著的作用；更何況龍血還能煉體，雖然眾人靠蠻力砸開的身體裡濺出來的這些龍血並不怎麼精純，但是放在拍賣會上，那也是有價無市的寶物。

就在龍虎宗弟子的行事益發張狂的時候，圍攻龍女最外側的龍虎宗弟子忽然發出一聲慘叫，這一聲慘叫被最前方充斥著喜悅的至尊九重修煉者的聲音壓了過去。

緊隨其後的是一連串的哀號與慘叫聲，到了現在，那些至尊九重的修煉者才察覺到不對勁。雖然周圍仍然是腥臭刺鼻的血腥味，但是在龍血氣味當中，又夾雜著一種他們極為熟悉的人血氣息。

「這是怎麼回事？」

一名至尊九重的修煉者立刻發出疑問，但是他的目光剛剛落到自己身後，卻發現一把加大版的青龍偃月刀已經截斷了他的身軀。

此人看著自己的下半身落到了地上，上半身還在忍不住的顫抖。還沒等他反應過來到底發生了什麼，一陣極端的痛苦從自己的腰部傳入到腦神經當中，隨後此人眼前便是一黑。至尊九重的生命力使得他的身體掉在下方的土地上，連續翻了幾個滾，這才緩緩的消失意識。

剩下的至尊九重修煉者見到這一幕，臉色同時變得難看起來。他們的目光正想看向斬殺自己盟友的人是誰，卻發現一個戴著陰陽臉面具的黑袍人出現在他們幾人的面前。

剩下的至尊九重修煉者手中爆發出極度蠻橫的靈力攻擊，那些反應過來的至尊八重修煉者也將自己壓箱底的招式拿了出來，五光十色的法技攻擊瞬間照亮了這片區域。

龍女金黃色的龍身卻重重的落到地上，大量的鮮血從牠的傷口流了出來。

吳玄瞟了一眼半死不活的龍女，手中的青龍偃月刀向前一橫，腳下踏出七道陣印，一座數十丈的金黃色盾牌擋在了面前。

轟轟轟……接二連三的轟鳴聲響徹了整片區域，距離較近的大樹從根部拔起，三里之外的樹木從中折斷，高高的拋向半空，遠一點的大樹也紛紛壓彎了腰，樹葉夾雜著碎石與灰塵，散落在更遠的地方。

當一切緩緩的歸於平靜，黑袍人的身影出現在已經幻化成人形的龍女身前。至於那數百號龍虎宗弟子，早在接二連三的轟鳴聲當中，身體被鋒利的青龍偃月刀分割成兩截。

龍女看著再次出現在她面前的黑袍人，不知為何，居然打了個冷顫。她是見過武聖一重的修煉者，卻從沒見過以這麼快的速度解決戰鬥的武聖一重修煉者。

「龍虎宗的人為什麼要追妳？」吳玄問道。

龍女緊咬下唇，並沒有說話，更沒有反抗。因為她知道，以她現在的情況，別說是反抗了，就連抬抬手都極為費力。

吳玄想了想，手中出現了一枚丹藥，這是一枚八品的療傷丹藥，之前在奇物閣當中購買的。

龍女見到這枚丹藥的時候，先是嚥了一口唾沫，卻將頭扭了過去，龍族的傲骨使她不屑於這種近似恩賜的行為。

吳玄面具下的眉頭不由得皺了起來，他對於自己本就厭惡的龍族人又生出了由中的反感。吳玄一隻手掐住了龍女的嘴，硬生生的將這枚丹藥塞入到她的嘴中，一縷生命之力打入到她的體內。

龍女艱難的嚥下丹藥，眼角居然有了淚痕。她在龍族從沒受過這種欺辱，被黑袍人這麼對待之後，她的眼淚極為不爭氣的流了下來；但是由於龍族人的天生傲氣，所以她的眼淚也僅僅停留在眼眶當中，雙手緊握，臉上卻是一副極為無奈的表情。

不知為何，吳玄看見淚眼婆娑的龍女時，心中居然升起了一絲不忍。於心不忍不分男女，吳玄因為別人求饒或者是流淚而大發善心的事情也不止一樁樁、兩件件。

「龍虎宗的那些人為什麼要追妳，妳和龍虎宗的那些人到底有什麼深仇大恨？如果妳現在告訴我，我或許還能幫妳。」

吳玄說這話的時候，儘量讓自己的聲音顯得柔和。

龍女抓住了其中最關鍵的意味——眼前這名黑袍人似乎和龍虎宗的人有仇，但是具體有什麼深仇大恨，她也不得而知。

而且她現在也不能確認面前這個人到底是否與龍虎宗一夥，雖然這人剛剛殺死了不少龍虎宗的弟子，萬一這一切都是龍虎宗的苦肉計呢？

雖然剛剛有數百名龍虎宗的弟子被無情的殺害，但是為了自己那個祕密，貌似這也是值得的。

所以龍女的喉嚨動了動，並沒有說些什麼。

吳玄一招手，龍女下意識的想要反抗，但是她的身體以及身上的傷勢卻不允許她有任何反抗。

龍女進入到一個陌生的環境，這裡有的僅是一片黑暗，而且在黑暗當中，彷彿有一股強大的禁錮之力，使得她只能在周圍三米的範圍活動。

「妳先在這裡待著，我只想知道龍虎宗為什麼要對龍族動手，等妳想清楚了可以告訴我。妳放心，這裡很安全，妳也可以在這裡療傷，但是休想反抗，妳的一切都在我的掌控當中。」

黑袍人那熟悉的聲音傳了過來，龍女看著這陌生的環境，龍族的傲氣使得她一個字也沒有說，反而破口大罵：「你一個武聖級別的老不修居然囚禁我！你知道我爹是誰嗎？你知道我的族人有多麼厲害嗎？你趕緊把我放回去，否則我與你不死不休！」

龍女可能已經知道，在這個地方，即使自己破口大罵，也不會有其他的人知道，所以她才盡情的展現自己的口才。

而這個只有三米移動範圍的地方，正是晝夜珠裡的世界。

第六章

獸潮

吳玄趁著夜色，清理了自己身上剛剛戰鬥過的痕跡，又換了一身黑袍，隨後返回到鐵血傭兵團的隊伍當中，當作一切都沒發生的模樣。

「你去了什麼地方？怎麼花了這麼久的時間？」靈齡見到一道黑影以極快的速度來到自己身旁，想也不想的開口道。

吳玄笑了笑，把剛剛發生的事情說了出來：「遇到了點小狀況，剛剛看見龍女正在被龍虎宗追殺，她什麼也不說，我就暫且將她關押起來，等這件事過後再去詢問。」

靈齡聽到這話，臉上露出了古怪的明媚笑容。「沒想到呀！你居然也會用這種手段。那個龍女漂不漂亮？你是不是對她有什麼非分之想才這麼做？」

吳玄沒好氣的瞪了一眼化妝成老太婆的靈齡。「就算我對妳有非分之想，也不會對一個龍族有非分之想。」

靈齡聽到這話，即使臉上的藥膏已經壓過原本的面容，但是仍然有兩抹紅霞在黑暗當中乍現。

吳玄這一句話脫口而出，忽然覺得有些不太對勁，又連忙解釋了一句：「當然，我對妳也肯定沒有什麼非分之想。」

只不過這句話說出，靈齡聽了總感覺是掩耳盜鈴。她摸了摸高溫逐漸散去的臉頰，很想開口說些什麼的時候，遠處數百道氣息以極快的速度靠近。這些前來的氣息與剛剛那些龍虎宗人的氣息極為相似，修為最高也在至尊九重，當然，大部分隊伍當中，修為最高的人就是至尊八重。

在這數百道身影出現的一瞬間，一股極強的壓迫力便將鐵血傭兵團的眾人驚醒。

原本呼嚕聲震天響的張德從自己的帳棚當中蹦了出來，一臉睡意望著正在急速靠近的那數道人影。張文同樣也是睡眼惺忪的撩開了帳棚的一角，好奇的打量著周邊。鐵血傭兵團的其他眾人也以極快的速度來到吳玄的身前，呂蘭那邊在經過短暫的窸窸窣窣聲後，來到了眾人面前。

「這裡發生了什麼事？我怎麼感覺周圍有很多道壓迫力極強的靈力氣息？」

最後一個出現在鐵血傭兵團眾人面前的呂蘭最先問出了這個問題，只不過回應她的只是大家的沉默。

「剛剛有沒有發生過什麼？怎麼一下子來了這麼多人？」張德一臉疑惑的問道。

「我剛剛聽到那個地方傳來了刺耳的轟鳴聲，還有混亂的靈力氣浪，想必那個地方不久之前肯定經歷過一場激烈的打鬥，只不過距離此處太過遙遠，所以我並沒有叫醒大夥兒。」吳玄用手指了指剛剛自己與龍虎宗那一群人戰鬥的地方，說道。

張德、姚起雲聽到這話，同時皺緊了眉頭。就在鐵血傭兵團的眾人祈禱著，希望不要有災禍降臨的時候，有一隊由至尊八重修煉者帶領的隊伍來到了這邊。

這些人的身上穿著特殊宗門的服飾，不用說，也都是龍虎宗的成員。

為首那人極為不客氣的說：「你們剛剛有沒有見到什麼人經過這裡，或者見到周圍有什麼異樣？」

此人說話的時候，目光快速的在人群當中掃過，確定這些人當中，修為最高的也只不過大帝九重之後，極為不屑的將嘴角扭到一邊。

此人畢竟擁有至尊八重的修為，就算鐵血傭兵團的眾人心中再怎麼不服氣，此時也只得溫順的搖了搖頭。

張德的聲音傳出：「前輩您好，我們之前在那個地方感受到有激烈打鬥的靈力波動，至於有沒有什麼特殊的動靜，我們確實沒有看到。畢竟我們這些人的修為不如前輩您，就連您隊伍當中最弱的，我們恐怕都不是對手，所以就算有異常的動靜從我們身旁經過，我們恐怕也無法察覺。」

張德將自己這些人的姿態放得極低，沒辦法，誰讓自己這群人的修為低呢？只不過那名至尊八重的修煉者聽到這話，則是顯得有些得意，原本向左邊撇著的嘴角輕輕向上揚起，從喉嚨當中仍然吐出了兩個字：「廢物！」

鐵血傭兵團的眾人一個個低著頭，也看不出來他們的面容，但心中的不服氣是顯而易見的。

這名至尊八重的修煉者似乎沒有將這種情緒放在眼裡，在他眼裡，這群人他一根指頭就能輾死，完全沒有必要低聲下氣的作踐自己。

此人又在眾人的身上來回掃視，確定這些人沒有自己要找的之後，轉頭就準備離開。

只不過在他剛轉過身，邁步準備離開的瞬間，一道火紅色的光線從極遠處沖天而起，火光照亮了整個妖獸山脈，這道火光將原本灰暗至極的妖獸山脈照得亮如白晝。

可別忘了，現在還是夜晚，這一道光線使得原本黑暗的夜晚出現正午時分的明亮。光線持續了半炷香的時間之後，這才緩緩散去，一股獨屬於天君九重的威壓從火光深處蔓延開來。

雖然從光線處爆發出來的靈力氣浪獨屬於天君九重，但是經過如此漫長的距離傳送，最終落在鐵血傭兵團眾人的身上時，已經不足一半。

所以，鐵血傭兵團的眾人只是感覺到自己的肩膀像是壓了一座極為龐大的山峰，但是這股壓力轉眼之間便消失不見。

那邊至尊八重的龍虎宗弟子見到這一幕，面色卻是變得有些難看。他看了一眼身旁的至尊級別修煉者，就打算撤退，但是就在此時——

「吼吼吼……」

隆隆……

噠噠噠……

咚咚……

一陣陣妖獸的嘶吼傳出，就像是所有類型的妖獸同時爆發出的吼聲，一聲聲怒吼響徹雲霄。

最後就見以火光為中心，有大量的妖獸朝著四面八方逃竄，遠遠望去，密密麻麻數以萬計的妖獸朝著妖獸山脈周邊奔逃，沿途踏過，揚起了千丈的沙塵；天上的飛行妖獸更是數不勝數，遠遠看去，就像是一堵黑牆朝著妖獸山脈的周邊壓了過來。

這就像妖獸山脈的核心地帶正在爆發驚天動地的戰鬥，迫使這些修為低弱的妖獸朝著妖獸山脈的周邊逃離。哪怕晚了那麼一秒，都有可能葬身於妖獸山脈核心地帶爆發出的戰鬥餘波之下。

所以，當鐵血傭兵團的眾人見到鋪天蓋地的妖獸朝著自己這些人跑來的時候，一個個都嚇得面無血色。

尤其在這些妖獸當中還不乏體型龐大，甚至足以遮天蔽日的恐怖存在，牠們的修為大多都在武聖五重左右。在這種妖獸一走一過之間，有大量低階妖獸瞬間被牠們的氣息絞殺。

還有身上燃燒著火焰的妖獸，甚至縈繞著其他各種各樣光彩的妖獸混雜在妖獸群體當中，由牠們作為照明，眾人能夠看見的只有一望無際的黑色妖獸群。

隨後傳來的便是大地震動，如此眾多的妖獸踩踏地面引起的震動，不亞於人類世界那邊爆發的大地震。在那些體型巨大的妖獸一走一過之間，大地崩裂，各種各樣的樹木在這些妖獸一腳之下，變成了一個個巨大的深坑。

吳玄甚至還看見一隻體型數百丈的巨熊，僅僅在抬腿落足之後，牠周圍的妖獸群體隨即消失了一大半。在這一大半當中，有一半是被牠一腳踩死的，有一半是被這隻大腳落下之後產生的氣浪捲翻的。

最重要的是，像這種體型龐大的妖獸，在妖獸山脈多如牛毛。

唯一值得慶幸的是，這些妖獸現在可沒有捕食獵物的念頭，妖獸即使看見了原本美味可口的獵物，也沒有了捕食的欲望；甚至連那些天生敵對的妖獸，在看到彼此的那一瞬間，唯一的念頭仍然是趕緊逃跑，在這個連小命都由不得自己的時候，哪還有時間對付自己的天敵？在性命面前，這些可有可無的食物也不算什麼。

肉眼能夠看到破億的妖獸以極快的速度朝著鐵血傭兵團這邊飛奔而來，在更遠處，仍然有源源不斷的妖獸從妖獸山脈的核心地帶奔湧而出。

原本就在妖獸山脈周邊的那些妖獸，更是以極快的速度朝著更遠的周邊逃去。

龍虎宗那名至尊八重的修煉者見到這一幕，想也不想的便朝著妖獸山脈的最周邊奔逃而去。他周圍的那些龍虎宗眾人經過短暫的愣神之後，這才反應過來，緊隨著那名至尊八重修煉者的身後急速奔逃。

鐵血傭兵團的眾人這還是第一回如此親身感受到獸潮的壯觀，那些大帝三重的修煉者雙腿早就發軟彎曲，大帝九重的張德腦袋也是空白一片。

呂蘭的聲音顫抖至極：「我、我……我們要跑嗎？」

吳玄看了一旁的靈齡一眼，靈齡輕輕的點了點頭，吳玄乾脆找了個地方坐了下來。

張文嚥了一口唾沫。「兄弟，不要這麼自暴自棄，咱們趕緊逃，還是有機會的。」

張文雖然是這麼說的，但是聲音當中的恐懼甚至不自信的意味，在場所有人都聽得出來。

大夥兒的身上或多或少都有一些保命的物件，但是這種保命的物件在這種恐怖的獸潮之中，壓根兒掀不起一點水花。

「看在大家走過一程的分上，如果相信我，你們可以在這裡先待著；等過一段時間，獸潮過去了，你們再趕緊離開此地。」

張文再次嚥了一口唾沫。「我們跟著你留在這裡？留在原地，死亡的速度不是更快嗎？這可是獸潮，只要來一隻至尊級別的妖獸，我們這一群人都得完蛋。」

張德也是萬分不解的看著吳玄。「做咱們這一行的，雖然早已經將生死置之度外，但是但凡有一線生機，那也不能自暴自棄啊！我們趕緊逃，或許還有希望。」

姚起雲也開口說：「是啊！再不走，可就真的來不及了。」

呂蘭早已經收拾好自己的行李，其實她也沒什麼好收拾的，有儲存器，所有的東西放到儲存器當中，就可以直接離開。

只不過眾人這麼一打岔，已經有妖獸降臨在眾人的頭頂。這些都是飛行妖獸，能夠衝在這麼前面，修為大多都在武聖五重左右。

鐵血傭兵團的眾人臉上已經湧現出絕望，張德更是顫抖著雙手，從自己的儲存器裡取出來一張皺皺巴巴的信紙，上面大大的寫著兩個字——遺書。

身為他弟弟的張文同樣也是如此，兩人如此做法，使得鐵血傭兵團的眾人有一種大笑的衝動，只不過在這種場合之下，都被他們硬生生的憋了回去。

人家還有遺書呢！看看自己，如果自己真的被這些妖獸殺死了，恐怕連遺書都沒有留下來的可能，還是張德、張文這兩兄弟會打算。

看著天上的飛行妖獸距離自己這些人越來越近，所有人的心中同時浮現出自己死後的模樣。

這些武聖級別的妖獸有意釋放出的威壓，僅僅是氣息，就能將這些大帝級別的修煉者瞬間絞殺。

就在所有人同時閉上眼睛的那一刻，他們原本不怎麼瞧得上眼的小老太婆卻站在眾人的最前方。在那足以瞬間殺死至尊級別威壓降下的那一刻，一股天君級別的氣息在人群當中乍現。

一道無形的屏障將鐵血傭兵團的眾人包裹在其中，這道無形的屏障蘊涵著天君級別的氣息。半空當中，那些飛行妖獸感受到天君級別氣息的那一刻，身形也是出現短暫的不穩，隨後非常懼怕的繞開了這個地方，向著另一個方向快速的遠去。

靈齡畢竟只有天君二重的修為，如果換成天君九重的修煉者在此，這種有意控制的氣息散發出去，都能夠讓天空上飛行的那數以百萬計的飛行妖獸重傷倒地。

靜……即使外界的妖獸踏出的動靜再怎麼驚人，屏障裡的空氣卻顯得安靜至極。

在這安靜的氛圍當中，吳玄取出來用於通訊的九印陣盤，連接上了李福來。

楊鴻和李福來兩人先是看見了一張陌生的面孔，過了許久，這才反應過來，吳玄這是經過了易容。

「你們那邊情況怎麼樣？怎麼突然爆發了這場獸潮？」吳玄開門見山，直接問道。與此同時，身旁也出現了靈氣屏障，用來隔絕氣息與聲音。

鐵血傭兵團的眾人見到這一幕，原本還站立著的大帝級別修煉者終於倒在地上，這怎麼又多出來一名武聖級別的強者？

敢情這一名天君級別的修煉者和這一名武聖級別的修煉者是到這裡體驗人生來著？但是你們心臟大，能不能提前先跟我們知會一聲？我們都有心臟病，可禁不起這麼驚嚇。

而這件事的罪魁禍首靈齡和吳玄，一個百無聊賴的盯著半空當中密密麻麻繞開自己的飛行妖獸出神，一個正在與其他人打著「視訊電話」。

「我們現在已經深入到妖獸山脈，快要接近核心地帶。原本我們是在周邊監視著龍虎宗那些人的一舉一動，大概就在半天以前，有大量的龍虎宗弟子與我們正在監視的龍虎宗隊伍會合，直奔妖獸山脈的核心地帶而去，我們也只能遠遠的跟著。」

李福來說到這裡的時候，忽然把手中的通訊陣盤對準了極遠處的高空。吳玄能夠看到，極遠處那一條條光影在雲層當中來回徘徊，那些光影居然是一條條巨龍！

圍繞在巨龍周圍的是一顆顆如同星星一般的小光點，那些都是龍虎宗的高手正在與龍族眾人交手。準確的說，是龍族貌似在抵抗著什麼，而龍虎宗那群人只是在阻攔龍族抵抗那種東西。

李福來又將手中的陣盤移到了一旁，對著一片空曠的土地，從這個角度來看，他應該是在某座山的山頂。

山下遠處的一片平地上聚集著很多武聖級別的龍虎宗弟子，他們正在埋著些什麼。透過他們手中拿著各種各樣閃閃發光的東西，可以判斷裡面應該蘊涵著極為恐怖的能量。

「我之前聽他們說，這是一種專門對付龍族的陣法，而且這些人裡還有不少邪族的人，他們的修為也在天君九重，而且數量眾多。我現在待著的這個地方暫時是安全的，但是恐怕再過不了多久，也會有龍虎宗的高手來到這裡，掩埋他們手中那閃閃發光，蘊涵著能量的物件。到時候該怎麼做？」

李福來又重新將視訊對準自己的臉。

一旁的楊鴻始終沒有說話，但是額頭上已經佈滿汗珠。以她的修為，在沒有李福來保護的情況之下，在這裡完全活不過三秒鐘的時間。

「一切以安全為主，實在不行，就趕緊撤出來。對了，獸潮又是怎麼一回事？就算龍族的人全體出動，也不可能會引起如此恐怖的獸潮呀！更何況，龍族的周圍不是還有其他的族群嗎？他們卻都無動於衷。」吳玄不由得皺起了眉頭。

「好像是在龍族的土地當中掩埋著什麼東西，剛剛的那道紅光，你也看見了，正是那樣東西出事產生的天地異象。就是在那道紅光出現的那一瞬間，龍虎宗的眾人才對龍族動手的。」李福來解釋道。

吳玄想了想。「我們隨時聯繫，我馬上趕過去。你們那裡一切以安全為主，實在不行，就趕緊撤離。」

李福來點了點頭，結束了這次通話。

吳玄收回陣盤，意識潛入到晝夜珠內，看著坐在那裡默默修煉的龍女，手中托起剛剛投影顯示出龍族受龍虎宗眾人圍殺的那一幅場面。

龍女察覺到有人來到自己的面前，她先是看了一眼黑袍人，又看了一眼此人手中托著的那一幅畫面，雙眼一陣收縮。當她看見半空當中一直懸浮著的龍族光影時，忽然激動的撲了過來。

只不過她的活動範圍只有周圍三米左右，所以她剛剛向前踏出兩步的一瞬間，就被一股巨大的力道彈了回去。

「那是我父王，你們把他怎麼了？」龍女銀牙緊咬，目露怒色，雙拳也已經緊緊的握起，一副不死不休的模樣。

「妳看清楚，那裡可都是龍虎宗的人，和我一點關係也沒有。如果妳現在能告訴我這件事情的經過，龍虎宗為什麼花費這麼大的工夫攻打你們龍族，我或許還能考慮出手相助；如果妳仍然什麼都不說，這件事之後的發展，妳應該很清楚。」

龍女銀牙緊咬，過了許久，面容才瞬間垮了下來。她用手摸了摸額頭上略微凸起的兩根龍角，聲音當中蘊涵著哭腔。她的手掌輕輕的翻開，一枚灰色的珠子出現在她的手中。

吳玄有些好奇的看著這枚珠子，這應該是一種收納型的珠子，有很多宗門的祖傳功法，再或者是一些不外傳的祕密，都會收納進這麼一種珠子當中。

當然，一些不太重要的功法也會收入玉簡當中，只不過玉簡容易破損，有底蘊一些的宗門都是用珠子儲存功法祕笈的。

吳玄一抬手，龍女手中的珠子瞬間朝著吳玄射了過來。吳玄手掌托著珠子，正想放出靈力窺探珠子裡面的訊息，卻發現靈力沒入到珠子當中之後，被一道非常厚重的牆壁擋在了外面。

吳玄不由得皺起眉頭。

龍女似乎看出他心中所想，趕緊解釋道：「這一枚珠子只有我們龍族人才能夠窺視。我們龍族每一任龍王在臨死之前都會做一件事，那就是將畢生所經歷、所見過的事物全部刻印在這一枚珠子當中。在這一枚珠子當中，有我們龍族從荒古時代留存下來的記憶，只不過由於時隔太長的原因，珠子裡面有些部分已經非常的模糊，但即使如此，它也是我們龍族最為重要的至寶。」

吳玄看著龍女一臉莊重的神色，就知道她這番話說得絕對沒錯。但是龍虎宗那邊難道只會因為一顆珠子來攻打龍族嗎？還有之前看到的那道紅光又是怎麼一回事？

「還有呢？」

龍女聽到這話，臉又垮了下來，只得繼續說道：「我們龍族還有一種習俗，每一任的龍王預感到自己的大劫來臨之前，都會將子孫最堅固的龍鱗取下，將所有的龍鱗製成一件龍鱗衣。

因為我們在那一枚珠子當中看過天君九重以上到底是怎樣的境界，踏入那個境界之前，必須要經歷一場天雷。所以我們龍族歷代前輩都會將自身的龍鱗取下一塊，融入到這一件衣衫當中，為的就是用這件衣衫抵擋天劫的力量。在不久之前，這一件龍鱗衣算是大功告成。」

龍女說到這裡，再次停頓了下來，臉上出現了忿忿不平的神色。「龍虎宗裡的那些龍族叛徒，便是想要得到這一件龍鱗衣用來渡劫。這一件龍鱗衣只有龍族的人才能夠驅使，所以它與儲存我們龍族歷代記憶的珠子一樣，都是我們龍族不外傳的至寶。」

吳玄聽到這裡，有些恍然的點了點頭。想要突破古祖級別，那是非常困難的，中間要面臨的天劫也是必不可少的。只不過現在的玄荒大陸，可沒有人能夠將實力提升到面臨天劫的那一步。

龍虎宗那邊有一個邪神，他或許有辦法通過特殊的祕術，耗費巨大的代價，使得龍族當中有人能夠順利突破這一層界線，所以就需要這一件龍鱗衣，用來抵禦天劫對身體的破壞。

吳玄繼續看著龍女。「就為了這麼一些？如果就為了一顆能夠儲存龍族歷代記憶的珠子以及一件龍鱗衣，龍虎宗那邊雖然會花費大量的代價，但是也應該會讓他們那邊的龍族前來吧！看這架式，龍虎宗想要的東西應該不止這兩樣。」

龍女聽到這話，臉色又是垮了下去。

吳玄卻在這個時候開口道：「我還有一個疑問，龍虎宗當中為什麼會有龍族？他們是什麼時候去往龍虎宗的？」

龍女想了許久，才開口說道：「龍虎宗當中的龍族應該是在嚴冬青成為宗主的時候進去的。我們龍族歷代都是生活在妖獸山脈當中的，但是有一天，有一個人類來到我們妖獸山脈，想要勸說我們歸順他們宗門，而且給出的籌碼，即使是龍王看著也會眼紅。

雖然龍王最終沒有答應，但是龍王身旁卻有很多龍族人為此眼紅，所以他們沒有向龍王請示，便擅自加入了那個宗門。於是我們龍族就分了兩家，一家在妖獸山脈那一邊，另一邊便是在龍虎宗當中。我也是聽我父親提起的，但是具體過程是什麼樣的，我就不得而知了。」

吳玄緩緩的點了點頭，他知道這一點，心也就安了下來。如果妖獸山脈當中的龍族和龍虎宗當中的龍族有著同樣的目的，而兩撥龍族又與龍虎宗鬧得不可開交，吳玄可不介意看他們狗咬狗；但是到了現在，他又多了一個幫助龍族的理由。

吳玄的目光仍然盯著龍女，龍女只得繼續說道——

「其實，龍虎宗這次最重要的目的，就是為了得到我們龍族的龍氣。這一種龍氣只會在每一任龍王即將死亡之前才會出現，我們龍族也是依靠著龍氣修煉的。只要龍虎宗那邊的龍族將龍氣奪走，我們妖獸山脈的龍族將會無法修煉，或者說修煉的速度會急速減緩。而且有了龍氣，但凡有些天賦的龍族，在三年之內，他們的修為必定會提升數個境界，甚至有可能超越天君九重。」

吳玄聽到這裡，眉頭越皺越深，他聽出了其中幾個矛盾點。「既然如此，那你們龍族為什麼不自己使用。」

龍女搖了搖頭。「那是需要極高的代價，如果平常修煉，就和你們人類吸收靈力修煉一樣；但是如果想要將這些龍氣快速吸納到體內，就要獻祭至少數千名龍族的性命為代價，通過這樣的途徑吸收來的龍氣，可以使上百名龍族人快速突破，甚至可以將一名只有玄皇級別的龍族直接提升到天君九重。

而且這樣做雖然會有損根基，是這種損耗，依靠大量的天材地寶便可以復原。所以依靠這種近似抄捷徑的方法提升修為的路數，可以說幾乎沒有副作用。只不過用上千名龍族的性命換取數百名不到的龍族提升修為，沒有龍會這麼做，但龍虎宗那邊的龍族偏偏選擇了這一條道路。」

吳玄恍然的點了點頭。「所以說，我之前看到的那一縷紅光，就是龍氣出現的徵兆？」

龍女點了點頭，但是又搖了搖頭。「那只是龍族衝破封印的表現，要想真正獲得龍氣，還需要一定的時間。等到那道紅光由紅色漸漸的轉變為金色時，龍氣就徹底的解除封印，這也預示著龍族龍王的生命真正走到終結。龍虎宗以及它帶來的人也將會在那個時候展開行動。」

吳玄又繼續問道：「這個時間大概有多久？」

龍女搖了搖頭。「原先可能有三天的時間，但是自從龍王得知龍虎宗的陰謀，現在已經動用了大量的龍族資源用來延壽；加上我們龍族的肉體力量和我們龍族的防禦陣法，堅持一年半載應該不成問題。只不過經過這一次之後，我們龍族的整體力量會大大的損耗，甚至可能一蹶不振。」

「好，除此之外，還有沒有其他值得龍虎宗動手的地方？」

吳玄已經打算動身去往龍族，他現在並不知道龍族到底要用什麼陣法獻祭妖獸山脈當中那上千條龍族的性命，從而使數百名屬於龍虎宗那一方勢力的龍族修煉者實力暴增，所以得要先去查探一下情況。

龍女想了想，又開口說道：「我聽說詭盟的盟主好像也在妖獸山脈。龍虎宗的人最先是追蹤詭盟盟主的，但是後面不知通過何種途徑，得知了我們龍王即將逝去的消息，然後便有大量的龍虎宗弟子來到了我們龍族的領地。

最開始還是小規模的戰鬥，到了後來，便是數百名天君級別的修煉者一起動手，裡面還有龍族和邪族的修煉者；一直到現在，我們龍族已經沒有還手之力。想當年，我們龍族也是何等的威風……」

吳玄霍然起身。「詭盟盟主？她在這裡？」

龍女被黑袍人突然站起身的舉動嚇了個激靈，她並不知道黑袍人為什麼聽到這個消息會有這麼大的反應，也不知道自己說的這番話是不是觸動了黑袍人，但還是小心翼翼的說道——

「是啊！龍虎宗的那些人本來就是為了追捕詭盟盟主的，他們好像設下了什麼計策。據我所知，詭盟的人被困在與我們龍族相反的方向，到了現在，他們的生死我也無從得知，想來也是凶多吉少。」

吳玄聽到這話的時候，龍女無法透過黑袍人的面具看到黑袍人那略顯猙獰的面容，但是龍女感受到了黑袍人的氣息似乎變得銳利許多，身體不由得打了一個哆嗦，她並不知道黑袍人到底為何發怒。

「詭盟盟主還有存活的希望嗎？他們在什麼地方，妳應該是知道的吧！妳的情報應該很準確吧！」

當龍女聽到這冰冷至極的聲音時，身體也不由得打了一個哆嗦。她想了想，說道：「我也不好說，但是有八分肯定，畢竟我們龍族蒐集情報的能力也不弱。而且我還聽說日月神族的人也在其中，好像是一個姓黃的女孩。不過憑藉詭盟和日月神族的保命底牌，存活下來的機率很大，但是龍虎宗那邊也不是好惹的。

至於他們在什麼地方，好像快要接近九尾狐領地那邊了，距離這裡著實遙遠，距離龍族也不近。這也是在出事之前，我聽我父王提起的，現在還有點印象。」

吳玄緩緩的站起了身，黑袍下的拳頭緊緊握起。龍虎宗、邪族，還有那些龍族人，只要墨芸和黃景晴出事，他現在就會動用所有的力量滅掉這兩宗，萬世輪迴，不得超生！

第七章 神猴與狐狸

吳玄的意識退出了晝夜珠的時候，外面的獸潮已經過去。牠們朝著妖獸山脈更周邊的地方狂奔而去，只有那個地方對於現在這種修為的牠們來說才是最安全的。

吳玄面具下雙眼睜開的那一刻，一股恐怖的殺氣朝著周圍數里地內蔓延。周圍的花草樹木經過一番摧殘，早就已經所剩無幾，而現在那些本就殘破不全的花草更是被摧毀成碎渣，樹木上還出現了密密麻麻如同尖刀劃過的痕跡。

如同實質的殺氣衝向雲霄，半空當中的雲朵在短時間之內都被分解成一團團的雲霧。

就連遠處那些在強大妖獸鐵蹄之下僥倖存活下來，現在正努力朝著妖獸山脈周邊奔跑的妖獸，身軀也是不由得打了一個哆嗦，玄皇級別以下的妖獸身軀上更是出現了密密麻麻的劃痕，超凡級別的妖獸在這股殺氣之中當場被絞殺，一股極為濃郁的血腥氣息在周圍擴散。

殺氣雖然是一種氣息，但是當這種殺氣凝聚到極致的時候，造成的破壞力就連祕術也無法抵禦。而且在這股殺氣當中還有一絲戾氣，以及一絲被隱藏得極好的魔氣。

靈齡也感受到了吳玄身上爆發出來的那一股令她也心驚膽戰的殺氣，她不由得皺起眉頭來。

「你怎麼了？還好吧？」靈齡小聲詢問。

原本不斷向外擴散的殺氣被靈齡這麼一打斷，那宛如實質的殺氣瞬間化為無形的空氣，緩緩的隨著輕風吹向遠方。

吳玄站起身來，看了一眼鐵血傭兵團的眾人，這些人正一個個目瞪口呆的看著吳玄和靈齡，張德還忍不住嚥了一口唾沫。

「兩位兄弟，不……不知兩位前輩大駕光臨……」

張德一時之間喪失了說話的能力，組織語言的能力也在一時之間喪失殆盡，他現在不知道說些什麼才好。

「我們兩個本來是進來找人的，今天這件事，你們就不要說出去了。這一枚儲存戒指裡面有一些東西，你們拿去分了吧！這算是我給你們的一點酬勞，也算是封口費。」

吳玄一邊說著，將一枚儲存戒指扔了過去。裡面不僅有丹藥和金錢，還有一些七階左右的法技，這些東西他都用不著，現在全部送給鐵血傭兵團的眾人。

張德雙手顫顫巍巍的接過了儲存戒指，有些難以置信的看著兩人，尤其看著正在恢復自己容貌的靈齡。

靈齡雖然算不上傾國傾城，但是那種小巧的美感，以及身上極為清香的草藥味，讓鐵血傭兵團的眾人一陣目眩神迷。

呂蘭的雙眼大放異彩，她有些好奇的問道：「不知前輩尊姓大名？」

吳玄想了想，從靈齡那裡取來了將臉上易容藥膏洗掉的藥水，露出了一張憨厚中帶著帥氣的面容。

「我叫……『吳玄』。」

靈齡身軀一顫，雙眼當中的神色從最初的駭然到最後的恍然。但是她也非常的好奇，為什麼這個一向神祕的傢伙非要在這個時候暴露自己的身分，他這麼做是為了什麼？

還有剛剛那一股殺氣到底是怎麼一回事？他到底經歷了些什麼，為什麼會在這個時候發生如此大的轉變？

「我們先走了，有緣下次再見。」

吳玄朝著身後的鐵血傭兵團眾人一招手，身影如同一道流光衝向了前方。靈齡露出了明媚的笑容，也朝著鐵血傭兵團的眾人招了招手，緊隨吳玄的身後。

吳玄拿出陣盤，連接李福來：「你們現在朝著我這個方向會合，我們先不去龍族，還有其他的事情要做。」

李福來雖然很疑惑，但是這可是師父的命令，師命不可違，也不能違。

靈齡則是更好奇，吳玄到底想要做些什麼？

鐵血傭兵團的眾人目送著兩人離去，過了許久，姚起雲似乎想到了什麼。

「吳玄……這個名字怎麼這麼耳熟？我好像以前在什麼地方聽過。」

經過他這麼一提醒，鐵血傭兵團絕大多數人都認為這個名字熟悉至極，但是在短時間之內又想不起來到底是在何處聽說過這個名字。

一旁的張文忽然一拍大腿。「這個名字我記得，我想起來了！當時龍虎病毒在中域蔓延的時候，好像就是這個人出手解除病毒。我應該沒有記錯，就是這個名字！」

經過張文這麼一說，他的哥哥張德也一拍自己的腦袋，似乎也想起來了這個名字。

「是啊！當初我和我弟弟在妖獸山脈狩獵了不少妖獸，想要拿到中域去賣，卻被那邊的人攔了下來，說是有什麼病毒正在那邊肆虐，不過現在已經徹底的好了。而且『吳玄』這個名字，一年多以前可是紅得不行了，但是我聽說他不是已經死了嗎？難道他又活了過來？」

呂蘭似乎在中域生活過一段時間，她剛剛聽到這個名字的時候，只感覺到非常的熟悉；現在被張德和張文這兩兄弟這麼一提醒，關於吳玄所有的消息瞬間在她的腦海當中閃過。

想到這裡，呂蘭忽然用手捂住了自己的嘴脣，正是因為想到了這些，她才感到更加震驚。

「他是詭盟盟主的夫君，當初在遺蹟的時候一人戰萬人，百宗屠玄的時候，那些宗門被反殺，雙喜樓舉辦婚禮的時候更是招來了天地異象，卻在絕生山斷送了性命。不過現在可以證明最後一條是假消息了，但是為何這段時間一直都沒有聽說過吳玄的事蹟？吳玄又為何偏偏在這個時候來到了妖獸山脈？難道和這次獸潮有什麼關係？」

呂蘭這麼一說，鐵血傭兵團的眾人頓時響起恍然的讚歎。他們有的去過中域，有的通過各種途徑得知吳玄。現在整個玄荒大陸，不知道吳玄的人已經很少了，但是見過他的人卻沒有幾個。

「沒想到我們這一路居然是和這等人物一同前行，怪不得之前的白玉虎那麼輕易就被那兩人殺死了，怪不得呢！」

「是啊！但是他身旁那個姑娘又是誰？難道是詭盟盟主？但是我聽說這位盟主只喜歡穿著一身血紅長裙，倒是與她長得不像，更不像卿樓那個日月神族的丫頭，難道是新的……」

「哎！看破不要說破。」

鐵血傭兵團的眾人在一陣欷吁之中，緩緩的離開了妖獸山脈。無論他們這一行的目的為何，到了現在也無法實現了。倒是吳玄給與他們的那一枚儲存戒指，或許能依靠裡面的東西換取他們想要的東西。

「師父，我們接下來要去何處啊？你怎麼沒戴上面具啊？」李福來看著正朝某個方向全速趕去的吳玄，有些好奇的詢問。

不得不說，吳玄就算全速向前飛奔，速度還是太慢，李福來現在一半勁兒都還沒有用上呢！

「一會兒再說，我去救人，只不過現在還不太清楚狀況。」吳玄說道。

楊鴻現在的修為已經突破到至尊二重，只不過她在裡面修為最弱，在武聖一重的隊伍裡顯得還是有些不夠瞧，所以這就需要靈齡拖著她一起前進。

「救何人？他為何在妖獸山脈當中？」問這話的是靈齡。

「我現在還不太確定是不是她，如果真的是她，還要勞煩兩位出手。」吳玄扭頭看了一眼李福來和靈齡。

靈齡撇了撇嘴：你這是不是在迴避問題？問了你那麼多遍要救誰，你就這麼給我岔開話題？

一行人按照龍女指引的方向，以極快的速度朝著妖獸山脈的核心地區飛奔而去。在這一路上也遇到不少並沒有離開的妖獸，牠們在李福來身上的威壓之下，完全沒有攻擊的意思；就算有幾隻妖獸不開眼，張開了嘴巴，也只是威脅，見到幾人匆匆從自己的領地邊飛過，也就重新回到自己的洞府當中。

「下面就是九尾狐的領地了，我們龍族和九尾狐的人並不熟悉。趕緊把你的事情解決完，然後去救我父王。」龍女的聲音在吳玄的腦海當中響起。

吳玄應了一聲，原本還能看清面前的龍女，只感覺自己周圍再次變得一片黑暗。

「這周圍有不少強大的氣息，而且都是妖獸的，如果一會兒真的打起來，我恐怕也無能為力。」李福來的喉嚨動了動，他已經察覺到周圍有不少與他修為近似的妖獸，這些妖獸全都是半步踏出天君九重的強大存在。

吳玄眉頭緊皺，他是打算找九尾靈狐一族幫忙的，畢竟在九尾狐族當中，他認識的也只有九尾靈狐一族的九尾元荒。

吳玄正在猶疑之間，忽然聽到最前方傳來了一陣陣爭吵。雖然他們用的是人類語言，但吳玄能夠明顯的感受到他們都是妖獸。

「我們去瞧瞧。」

吳玄對著身後三人說道，李福來、楊鴻、靈齡同時點頭。

九尾狐生活的這一片區域酷似從未開發過的大荒原，周圍的野草長得有半人高，各種各樣的樹木有的高達數十米。遠處雖有高山，卻已經不屬於九尾靈狐的領地。

吳玄順著聲音尋去，發現那是數十隻妖獸在對話。兩邊的主角一隻是九尾靈狐，準確的說，這隻九尾靈狐現在只有三條尾巴，能夠發揮出來的實力也在玄皇級別左右。看牠的模樣，還沒有幻化成人形，只是一隻半米多長的小狐狸。

與牠對話的是一隻有半人高的金黃色猴子，猴子身上被金黃色的毛髮覆蓋，長長的尾巴高高的翹起，一雙如同玉石一般的眼睛一眨一眨的。最重要的是這隻猴子居然和人類極為相似，如果牠把身上的金黃色毛髮去掉，那就和人類幾乎一致了。

吳玄有些好奇的扭過頭來，李福來小聲的說道——

「那是神猴一族，原本只是生活在妖獸山脈的內部，但是不知是何原因，族中有好幾個族人的修為都突破到了天君九重，所以才進入到妖獸山脈的核心地區，而且牠們的領地就在九尾狐族旁邊的高山之上。」

吳玄有些詫異的看著李福來，他怎麼連南域妖獸山脈的事都知道？

不過吳玄更好奇的是，這一隻猴子和這一隻狐狸正在說些什麼？而且看那樣子，還是那隻神猴低狐一等。

只聽那隻神猴說道：「彩鳴妹妹，妳說我哪裡不好？我回去以後改。兩族聯姻本來就是一件大喜事，而且也是我們神猴一族與你們九尾狐一族正式建立良好關係的開始；更何況我對彩鳴妹妹妳也是真心誠意，只要妳嫁給我，我以後絕對不會虧待妳的。」

只見那隻小狐狸一搖頭，非常不屑的說道：「哼！我才不要呢！你這隻破猴子，想娶誰就娶誰，但我是絕對不會嫁給你的。也不照鏡子看看你的模樣，全身上下都是毛，看著噁心死了！」

神猴聽到這話，一點也不在意。「彩鳴妹妹說的是哪裡話？等到日後我幻化成人形，保準妳看得滿意。」

小狐狸更是如同搏浪鼓一般來回搖晃著腦袋。「我已經說了千遍萬遍，我是不會嫁給你的。如果你這回把我叫出來就是為了說這件事，那我要回去了。」

小狐狸說著，轉頭就要離開。小狐狸身旁的幾隻大狐狸見到這一幕，也打算要和小狐狸一起離開，但是那隻神猴臉上的表情卻逐漸僵硬。

吳玄看著一隻猴子與一隻狐狸的對話，總感覺有些滑稽。不過他現在是要找九尾靈狐一脈，這隻小狐狸就正好是九尾靈狐，說不定可以通過牠見到九尾元荒。

又想起了龍女所說關於詭盟盟主墨芸的消息，吳玄覺得益發心急，正打算前去詢問那隻小狐狸的時候，只見那隻神猴忽然站起身來，這下子牠都像個真正的人類了。

這隻神猴的身後忽然竄出來了很多如同牠一樣，渾身上下都被茂密的金黃色毛髮覆蓋的神猴。配合著這些神猴的體型，從遠遠看去，就像一棵棵金色的大樹一樣。

「彩鳴妹妹，妳當真不答應？那妳可就怪不得我了。為了族群利益著想，今天這件事就算妳不答應，也得答應！」

這隻神猴話音落下，從遠處的草叢當中忽然竄出來數道猴影，將五隻可憐的小狐狸包圍得嚴嚴實實。

小狐狸見到這一幕，似乎也害怕了。牠身後的那些大狐狸一個個面露警惕，不過他們並沒有想到神猴一族居然會使用如此奸計，事先並沒有準備，所以現在也只能乾瞪眼。

「這裡可是我九尾狐的領地，只要我大喊一聲，你們神猴一族就準備承受我們九尾狐一族的怒火吧！」

小狐狸威脅似的說道，只不過牠的聲音卻透漏出內心的恐懼。這種威脅對於神猴來說，完全沒有威懾力。

神猴聽到小狐狸的話，不由得笑了，牠露出極為人性化的倨傲模樣，說道：

「我既然敢如此行動，自然有著萬全的把握。先不說在這周圍有我們神猴一族當中武聖級別強者布置的結界，就算妳喊出了聲，也不一定能傳得出去。現在龍族正面臨著危難，你們的族人早就去討論這件事該如何處理了，在這方圓幾里地之內，就算妳喊破了嗓子，也沒有人能夠聽到。」

這隻猴子說到這裡，更是露出了得意的笑容，似乎一切都在自己的掌握當中。

「這也是多虧了龍族那邊遭此大難，周圍的妖獸全部都逃竄出去了，要不然我可沒有這等機會。所以妳就從了我吧！放心，我是不會虧待妳的。等到生米煮成了熟飯，你們九尾狐一族就算不想與我們聯姻，那也不成。雖然我們神猴一族在妖獸當中非常的稀少，但是我們神猴一族可是一點也不介意。等到日後得到了九尾狐的幫助，我們神猴一族也必定能夠稱霸整片妖獸山脈。」

九尾狐牙齒咬得喀喀作響，牠匯聚全身的靈氣朝著旁邊竄去，只不過以小狐狸現在的修為，完全沒有辦法抵禦神猴叫來的那些神猴幫手。

這些神猴幫手的修為最低也在至尊級別，這裡可是妖獸山脈的核心地區，在這裡的妖獸沒有一個是簡單的。對於一些成年妖獸來說，至尊級別只是最基本的要求；只有一些幼崽，比如說小狐狸，藉助自己族人的強大力量，才能在妖獸山脈肆無忌憚的閒逛。

「彩鳴妹妹，妳就不要反抗了，妳何苦遭受這罪呢？妳放心吧！畢竟今天以後，我們與九尾靈狐就成了一家人，到時候我更不可能虧待妳。」

神猴說到這裡的時候，朝著一旁的族人使了個眼色，那些族人心領神會的衝了上去，看牠們的樣子，已經做好捉捕小狐狸的準備。

卻在此時，又是一道聲音從遠處傳來——

「你們神猴一族長得像人類，沒想到連人類這種種陋習都學了去。好的東西沒有學會，那些壞的東西卻無師自通，也不知道你們是怎樣進入妖獸山脈的核心地區的。」

伴隨著這道聲音傳出，無論是神猴一族的眾猴還是小狐狸的身軀都同時一震，神猴一族眾猴心中更多的是震驚與詫異。什麼時候混進來了四個人類？

小狐狸心中更多的是驚喜，看來今天牠是得救了，雖然來的是四個人類，但是那也無關緊要，只要他們能幫助自己對付神猴一族的猴就行了。
「你是怎樣穿過結界的？不對，在結界開啟的時候，你們就已經在其中了。你們到底是誰？為何要破壞我的好事？」神猴面色變得極為難看，牠已經察覺到這四個人當中，兩個有天君級別的氣息。神猴帶著的這群猴當中，修為最高的才不過武聖級別。
這倒不是因為神猴一族當中沒有高手，神猴一族當中的高手要留守在族中，以免遭受不測；再加上九尾狐這邊也不是擺設，一旦他們察覺到天君級別的氣息，肯定會有所動靜，畢竟這周圍還是九尾狐的領地。
如果神猴帶著的是武聖級別的修煉者，九尾狐一族還能勉強忍受，畢竟面子上還要過得去；但是一旦出現了天君級別的妖獸，基於領地防衛的想法，九尾狐的人很有可能將這群人當作侵犯自己領地的敵人對待。
李福來和靈齡本來就是壓制著自己的氣息潛伏在周圍，再加上神猴一族在周圍布置了結界，除非將結界打碎，否則周圍的氣息是傳送不出去的。
再加上正如剛剛神猴所說，九尾狐的狐現在正在討論龍族那邊的事情，所以就算發現了這邊的動靜，也只是派狐過來查看，這一走一過之間又要消耗不少時間。

「我只是看不慣你們神猴一族的所作所為罷了，沒想到在妖獸山脈還能看到人類那邊的鉤心鬥角，真是讓我大開眼界。」吳玄冷哼一聲，語氣當中帶著嘲弄的意味。

神猴面色鐵青，理智告訴牠現在應該撤離了，但是伴隨著心臟怦怦跳動，一股難言的怒氣衝上頭頂。神猴不管不顧的衝了上來，身上的氣息瞬間提升到大帝級別。

神猴帶來的那些神猴幫手見到這一幕，身體也快速膨脹，屬於至尊級別和武聖級別的氣息也瞬間爆發。牠們無奈的看了一眼神猴，也只能跟著神猴一起衝向對面四個人類。

這結果不言而喻，數十隻神猴幫手被打得鼻青臉腫，那隻神猴更是如此，不僅渾身上下全都是傷，身上金黃色的毛髮也大量捲曲，像是被什麼東西燒過，左腳跟被人硬生生的掰斷，鼻梁骨塌陷下去，一隻眼睛也已經廢了。

呃……這是靈齡的傑作，如果不是吳玄攔著，靈齡恐怕都要把毒送到牠的體內，將牠也煉製成一個藥人。

吳玄這邊解決完戰鬥，才將目光轉向了小狐狸，卻發現小狐狸正直勾勾的看著他。吳玄不由得摸了摸自己的臉龐，現在的他並沒有戴面具，居然還有一點不適應。

過了片刻，小狐狸忽然大叫了一聲：「是你！你就是在西域欺負我的那個壞哥哥。」

吳玄的大腦在幾秒鐘的延遲之後，也忽然驚喜的叫道：「妳就是在山洞當中沒什麼用的那隻小狐狸！」

小狐狸聽到這裡，馬上不高興了，不由得昂起了白色的小腦袋。「你這個壞哥哥，當初在山洞裡的時候就知道欺負我。我現在已經玄皇級別了，我的父親可是九尾靈狐的族長，一會兒看他怎麼收拾你，教你總是欺負我！」

李福來、靈齡、楊鴻同時投來了詫異的目光，他們萬分好奇的看著吳玄，不明白小狐狸說這話是何用意，難道吳玄和小狐狸真的認識？

只聽小狐狸繼續說道：「不過，這一次你怎麼沒有戴上你的面具了？如果不是我的鼻子靈敏，還認不出來你呢！對了，你怎麼來到這裡了？你是專程來找我陪禮道歉的嗎？那我就大發善心接受你的道歉。」

第八章 事情複雜了

小狐狸的話音落下，遠處的樹叢當中忽然傳來一道道的強大氣息，隨後便有幾隻身體足有數十丈大小的狐狸從遠處衝了出來。牠們的修為最低也在至尊九重，裡面更是有三隻已經半步踏出天君九重的強大存在，九尾元荒也在其中。

「父親！」

小狐狸一扭頭見到自己的父親來了，興匆匆的跑了過去。

九尾元荒自然也看見了吳玄，面上的神色顯得極為詫異，不過他很快就認出來了這是當初那個黑袍人。

只不過我和他不是一天多以前才剛剛見過面嗎？他現在為什麼又來到九尾狐一族這裡？難道是來找我的？找我又要做些什麼呢？

在九尾元荒的身旁還有兩個九尾狐的族人，一隻是九尾玄狐，一隻是九尾天狐。

九尾玄狐在整個九尾狐中勢力排名第一，九尾天狐勢力排名第二，九尾靈狐勢力排名第三。

九尾玄狐和九尾天狐的兩隻大狐狸見到有四個人類闖入到自己的領地，其中有一人的修為還遠超自己，不由得驚訝。

前來的所有狐狸也緩緩的幻化成人形，九尾玄狐和九尾天狐，正是兩族的族長！

只聽九尾玄狐的族長說道：「你們四個人來到我們九尾狐的領地做什麼？若是快些離去，我們還能既往不咎，如若不然，別怪我們手下無情！」

九尾天狐族長也是非常不屑的說道：「這裡不歡迎人類，速速離去，否則別怪我們手下無情！」

伴隨著這兩名族長的聲音落下，遠處有越來越多的九尾狐跑向了這裡。在神猴一族的結界被破開的那一瞬間，這裡的氣息便已經擴散出去，正在開會的幾位九尾狐族長一感受到這裡打鬥的氣息，便趕了過來。

只不過來到這裡看見的並不是打鬥，而是幾個人類。對於這些不速之客，九尾狐族可沒有給好臉色。

一同前來的還有九尾霄狐的族長、九尾妖狐的族長、九尾雷狐的族長、九尾耀狐的族長……等等，以及正在不斷趕來的各種各樣的九尾狐。

九尾靈狐的族長九尾元荒見到這一幕，也不得不站了出來，乾咳了一聲：「這位是我的朋友。」

九尾玄狐的族長與九尾天狐的族長聽到這裡，互相對視一眼，兩人同時看到對方眼中的疑惑：九尾元荒什麼時候有了這麼一個人類朋友？

只不過九尾玄狐的族長仍舊對人類抱持著敵意，語氣卻緩和了許多：「既然是你的朋友，那不知這位朋友來到這裡有何貴幹？我們九尾狐的領地可是許久都沒有出現過人類了。既然這位朋友是來這兒找我這兄弟的，有什麼事，就在這裡說了吧！或許我們還能幫忙拿個主意。」

九尾天狐的族長也在此時說道：「還有，你說這件事之前，是不是得先解釋一下之前的打鬥到底是怎麼一回事？之前你們是和誰打鬥？這裡可是我們九尾狐的地盤。」

吳玄皺了皺眉頭，這時，小狐狸蹦蹦跳跳的到了九尾玄狐族長的面前。「玄一爺爺，我剛剛差點被猴子殺死，就是神猴一族那邊的。」

小狐狸說著，就將剛剛發生的事情全部說了出來。這隻小狐狸和九尾玄狐的族長關係莫逆，九尾玄狐族長聽完這話，身上天君九重的氣息瞬間爆發。

「神猴一族那邊還真翻了天不成？小彩鳴放心，這件事，玄一爺爺替妳出氣。神猴一族真的以為來到了妖獸山脈的核心地帶，就能不將其他的妖族放在眼裡了不成？看來牠們神猴一族真的是欠缺管教了。」

小狐狸聽到這話，蹦蹦跳跳的在九尾玄狐的族長周圍繞圈，看樣子非常的高興。

此時，有越來越多的九尾狐族已經圍到了這邊，他們看著自己的族長似乎正在與一個人類說著些什麼，不過由於隔得太遠，始終無法聽清。

在這些九尾狐當中，有好些都是這輩子從沒離開過妖獸山脈的，所以見到有人類進入的時候，顯得格外高興。

在這一吵一鬧之間，這裡的氛圍也有所緩解。

九尾元荒朝著正在熱議這邊的眾狐壓了壓手，九尾玄狐的族長還在與小狐狸說著些什麼，九尾天狐的族長也在與其他幾名族長聊著些什麼的時候，九尾元荒這才抽空問道——

「你剛剛說的幫忙，是為了何事？」

吳玄一提到這個，不由得心急如焚，想了想，說道：「詭盟那邊的情況，不知前輩是否知曉？」

九尾元荒一聽到這裡，原本輕鬆的神色也瞬間蕩然無存。「這件事我是知道的，那裡並不僅僅只有詭盟，還有卿樓和龍虎宗三方勢力。有段時間一直在我們妖獸山脈的北面發生大大小小的衝突，遠處還有龍族那邊正在經歷打擊，我們最近也為這件事而頭疼呢！」

吳玄和九尾元荒所說的話，瞬間吸引了其餘各位族長的注意力。

九尾玄狐的族長輕輕拍了拍小狐狸的腦袋，說道：「那你這次來此，到底是為了何事？給個痛快話。」

吳玄想也不想的回答道：「我是想找九尾狐族的人共同對抗龍虎宗，或者得到前輩九尾靈狐一族的支持也可以，不知前輩意下如何？」

吳玄這句話音落下，心中便感覺到忐忑至極。

果不其然，這句話音剛剛落下，便引起除了九尾靈狐之外其餘所有九尾狐族族長的一致冷哼——

「開什麼玩笑！你當你是誰？就憑你一個人，還想要找我們共同對抗龍虎宗？龍族之前還想找我們幫忙，都被我們拒絕了，就憑你一個人類小子？」

「真不知道天高地厚，如果不是看你是九尾元荒的朋友，我現在就一巴掌把你留在這裡！」

「我當是什麼大事呢！剛剛還一頭霧水的，想著一個人類小子怎麼跑到這裡來了，原來是想找我們幫忙。不可能！更何況對付的還是龍虎宗。」

到了這個時候，無論是九尾狐族的各位族長，還是九尾狐族的其他成員，這才明白這個人類來到這裡到底是何用意。

不過這些九尾狐族人同時冷笑：這怎麼可能？且不說你這個人類小子來路不明，從剛剛開始說話也是含糊其辭，閃爍不定的；就算你是某個大名鼎鼎的人物，也請不動我們幫忙。

更何況那是龍虎宗，就連九尾狐這邊都知道大陸的形勢正在發生變化。尤其是距離這邊最近的南域，最近各種各樣的事情頻發，憑什麼要幫你一個小小的人類，去得罪龍虎宗這麼個龐然大物？

所以在吳玄這句話說出來之後，有幾名族長沒忍住，居然都笑出了聲：這個人類小子簡直是痴人說夢！

吳玄想要尋求九尾狐的幫忙，但是他這個請求剛剛說出，便被九尾狐族的眾人無情的嘲笑。

除了一直閉口不言的九尾靈狐族長九尾元荒以外，其他幾名九尾狐的族人，一個個都露出嘲諷與不屑的神情。

甚至在他們看來，如果不是九尾靈狐與這個人類有著些許關係，他們早就一爪子將這個人類殺死了。雖然這個人類小子身旁有一個半步跨出天君九重的強者守護，但是這對於九尾狐族來說完全不是個事兒，他們族中可是有不下十名如同李福來這個級別的高手。

吳玄在這一聲聲嘲笑當中，卻皺緊了眉頭，不知為何，他也益發的心急起來：你們在這裡笑些什麼？到底幫不幫忙？給一句準確的話！而且我過來是為了尋求九尾靈狐的幫忙，和你們其他這些狐有半毛錢的關係？

吳玄皺著眉頭看了一眼九尾狐族的其餘眾狐，目光隨後落在九尾元荒的身上。「不知可否幫助在下？這件事之後，算我欠你一個人情，你看如何？」

九尾元荒想到這裡，看了看自己身旁的妻子和遠處的女兒。他還是第一回看見黑袍人的原貌，所以也是被嚇了一跳；但是等到冷靜之後，尤其是想到此人之前救過自己的妻子、女兒，終究還是想要點頭答應下來這件事。

雖然九尾元荒之前把神器千雷鏡給了吳玄，想要了結吳玄救下自己妻女的這一樁因果；但是等回到族中才發現，黑袍人竟然給自己的女兒服下了一枚神果，不出兩年的時間，自己女兒的修為必定超越至尊，直衝天君。

那一枚神果可是只存在於傳說典籍當中的神果，他雖然也不知道以前的黑袍人，現在的吳玄到底是從何處得到這一枚神果的，但這確確實實對自己女兒的修為提升有著重大的幫助。

自己的女兒從最初連話都不會說，到現在已經快要突破大帝級別了，只要過了這個門檻，就能幻化成人形。這一切最主要的原因還是那枚神果，身為一個父親，這對他的幫助絕對是常獸無法想像的。

然而，九尾元荒的頭剛剛揚起，正想落下答應這件事的時候，一旁的九尾妖狐族長卻露出了不屑的笑容。

「你說幫你就幫你啊？這件事我就不幫你了，你能怎麼著？正巧，我們九尾妖狐當中還真有幾個天賦出眾的族人，我們比試比試，只要你贏了我們族裡那些天賦出眾的族人，我或許還能考慮考慮；如若不然，你就哪裡涼快待哪裡去。」

吳玄聽到這話，眉頭越皺越深。

九尾天狐的族長卻瞪了一眼九尾妖狐族長。「這件事豈能當作兒戲？你們妖狐好鬥，找別的族打架去，不要哪裡有熱鬧你就往哪裡湊。」

九尾霄狐的族長笑著說道：「哈哈……被罵了吧！你們九尾妖狐不是喜歡打架嗎？去找九尾天狐打啊！他說這話你能忍嗎？反正我是忍不了。」

九尾妖狐的族長聽到這裡，哪能忍得住？他冷眼盯著九尾霄狐的族長，語氣當中帶著濃濃的挑釁意味：「幾天沒收拾你，你是不把我當一回事了吧？正好咱倆藉著此次機會，分分看誰是老四、誰是老五！」

九尾霄狐聽到這裡，露出了完美的笑容。「你一直都是我的手下敗將，別說再比一次了，就算再比個十次八次，結果也不會發生任何改變。」

九尾妖狐族長聽到這裡，自然是不服氣。「好啊！話都說到這分上了，咱倆來比一比！」

隨著這兩人話音落下，原本圍在一起的九尾狐族其他族人全部分散至兩邊，一副看熱鬧的場景。很明顯，九尾霄狐和九尾妖狐在這之前肯定經常爆發這樣的戰鬥。

「族長，加油！」

「這次贏的肯定是我們九尾妖狐。」

「嗟！就你們九尾妖狐那點實力，連給我們九尾霄狐墊腳底都不夠。」

「你再說句試試，信不信我揍你？」

「有本事你來呀！當我怕你不成？」

伴隨著場面益發激烈，大量九尾妖狐與九尾霄狐的族人開始爭吵起來，一副馬上就要大打出手的模樣。

九尾元荒被身後的嘈雜叫嚷得渾身不自在，但是他似乎已經習慣忍受這件事了，所以他張嘴說道：「你說的那件事，我這邊算是答應下來了。說說需要我們九尾靈狐如何幫助？」

九尾元荒的話音還沒有落下，遠處，原本正在看熱鬧的九尾天狐卻不屑的說道——

「我說元荒，雖然我們妖獸山脈的習俗是自己族人管自己族人，但這可是關乎我們整個九尾狐族的全體利益，就你一個人答應下來，這可不成。你出兵幫忙，那是你的選擇，但是你想過沒有，這會因此招來仇恨呢！那可是龍虎宗。雖然我們九尾狐族完全不害怕來自各方的威脅，但是我們為何偏偏要為這一個人類而得罪整個龍虎宗？你覺得這件事值得嗎？」

九尾元荒的話還沒說完，現在又被這麼一打岔，便有些難以開口了。畢竟九尾天狐說得確實不錯，畢竟這關乎九尾狐族整體的利益，他因為自己九尾靈狐一族而招來整個九尾狐族的禍事，他一個人也無法擔待這樣的罪責。

一旁的九尾玄狐族長也在此時開口道：「他說得不錯，這件事可是關乎我們九尾狐族整體的利益，我們不能因為一個人類，而使得我們整個九尾狐族陷入到危難當中。他是你的朋友，我們本就無權干涉你的決定，但是你做決定之前得要想想我們整個九尾狐族。

我們九尾狐族從荒古時代玄祖屠龍後，披荊斬棘，經歷了千難萬險，這才得以崛起。不僅僅是你，就連我九尾玄一要做的每一個決定，都要從九尾狐族整體利益出發，但不可因為一、兩個人，使得我們九尾狐族陷入到水深火熱當中。」

九尾元荒聽到這話，沉默了。

無論是出於個人情誼，還是出於身為一個父親的報答，所有的理由，都支持九尾元荒做出幫助吳玄的這個決定。

但是正如九尾玄狐族長九尾玄一所說，他所做的每一個決定都關乎整個九尾狐族。難道真的要為自己的家庭和自己的孩子，而使得整個九尾狐族陷入到可能的危難當中嗎？

吳玄在一旁聽得心裡快要炸鍋了。幫不幫忙，快點給個話呀！

吳玄原本聽著九尾狐族這些狐你說你的、我說我的，就已經一肚子火了；九尾元荒好不容易快要答應這件事了，又被九尾天狐和九尾玄狐這兩個族長打岔了；而且看九尾元荒，聽了這兩隻狐妖的話之後，似乎沒有了幫助他的打算。吳玄原本以為妖獸都是敢作敢當，至少能為自己、能為自己的族人做出決定，卻沒想到九尾狐族內部卻是如此。早知道就不來九尾狐族了，簡直是耽誤自己的時間。

想到這裡，吳玄益發覺得心急如焚。墨芸和黃景晴兩個人還被龍虎宗圍困，現在她們兩人的生死還是個未知數；九尾狐族的這些人一個個又在這裡你說你的、我做我的，完全沒有答應或者不答應的意思，只是闡述自己的觀點，但是這些觀點卻足以擾亂九尾靈狐乃至左右九尾元荒的心。

就算是個人類，聽了剛剛九尾玄狐和九尾天狐兩狐那大義凜然的話，想必也不會再出手幫忙。

吳玄最後看了一眼九尾狐族的人，既然這些九尾狐不幫忙，那吳玄也得冒險一試。憑藉著自己和李福來，再加上靈齡，或許還真的有辦法找到墨芸和黃景睛，並且把她們救出來。

一念至此，吳玄都有了離開的打算。

但是偏偏在這個時候，剛剛離去的神猴一族返回來了，而且還不僅僅只是一個、兩個，而是一群神猴族的人。

這些渾身上下長著金燦燦毛髮的神猴族人，抬著被靈齡打得皮開肉綻的那隻神猴，來到了九尾狐族的面前。

九尾玄狐的族長九尾玄一見到此猴，不由得笑了。「原來是猴子分啊！你們神猴一族來我們九尾狐族的領地，是要做些什麼？」

被稱為「猴子分」的這隻神猴，正是被靈齡打得無比悽慘的那隻小神猴的父親。當族人帶著被打殘的小神猴來到猴子分面前的時候，猴子分不由得怒火中燒；但是牠也想到了九尾狐族畢竟是整個妖獸山脈，乃至整個玄荒大陸第一大妖獸族群，所以還是帶著禮物前來的。

猴子分所在的神猴一族也是得到了天大的機緣，族中不僅出現了數個天賦出眾的族人，而且牠的族人在某一次歷練過程當中，發現了一棵上古遺留下來的神樹，神樹結果，足有數百顆！

神猴一族數百猴服下了神樹上的果子，實力有了顯著的提升；再加上神猴一族天賦技能，力大無窮，速度超群，牠們在妖獸山脈的周邊，幾乎打遍妖獸無敵手。

就算來到了妖獸山脈的核心地帶，大大小小的戰鬥也發生了不下百次。而在這數百次的戰鬥當中，神猴一族幾乎沒有失敗過；只有五次與妖獸山脈核心地帶過於強大的妖獸戰鬥，才以失敗告終。

其中一次便是與麒麟族戰鬥，被雷麒麟一族虐到在地上摩擦，其餘的戰鬥大部分都獲得勝利，當然也有很多次平局。

這倒不是說神猴一族連妖獸山脈的老牌勢力都能穩壓一頭，而是神猴一族專挑妖獸山脈的軟柿子捏。與妖獸山脈真正強大的麒麟一族戰鬥還不到一炷香的時間，神猴一族就已經沒有人能夠站起來了。

神猴一族還找過鳳凰族戰鬥，同樣也是，一炷香過後，已經沒有一隻神猴還有力氣揮出一拳。

而且無論是麒麟族還是鳳凰族，他們派出的人數都不到五個，足以見得神猴一族只能在妖獸山脈核心地帶的那些小妖獸面前耍耍威風。

但是能進入妖獸山脈核心地帶的妖獸，沒有一個是簡單的，神猴一族能夠做到如此程度，也已經算是一件非常了不得的事情。

不過也正是因為幾乎沒有戰敗的戰績，也使得神猴一族的所有猴子心中充滿傲氣。在面對九尾狐族的時候，那股傲氣依然不減，雖然牠們心中還是有些害怕，但是不會像其他族群見到九尾狐那樣雙股顫顫；牠們心中害怕，但是表面上卻表現出王者風範，談笑之間淡定自若，一副你不是我的對手、一副老夫在和小孩子下棋的表情。

九尾狐族這邊心中暗笑，表面上卻沒有表現出什麼。

「我聽說有人類來到你們九尾狐族，他不僅傷了我的兒子，還傷了我的族人。我此次來是此來尋仇的，只要你把那個人類交出來，這件事我可以既往不咎。」

被稱為「猴子分」的這猴便是神猴一族的族長，這次牠親自前來，便是要目睹九尾狐族到底厲害在何處。

與牠前來的有兩名半隻腳踏出天君九重的神猴一族族人，再加上猴子分本來就是天君九重的高手。所以牠自我感覺，憑藉著自己這三隻神猴來到此地，已經算是給足九尾狐族的面子了。就算牠遇到了危險，接下來牠們三人也能夠化險為夷。

更何況，牠帶來的數十號人當中，還有三名天君級別的神猴族人和數十名至尊級別與武聖級別的族人。就這些人，在妖獸山脈的周邊已經算是非常了不得的力量了。

九尾玄狐的九尾玄一瞪了一眼吳玄，又看了看一旁的九尾元荒，忽然想到了什麼，臉上忽然掛滿笑意。

「他是我們九尾狐族的朋友，要不然你給我一個面子，這件事就不予追究了，你看如何？」

猴子分聽到這話，還以為是九尾玄一怕了，心中的底氣不由得足了幾分。

「這是說得什麼話？傷的又不是你的兒子，你當然無所謂了。今天我就把話撂在這兒了，那個人類小子，你就算交出來也得交，不交出來也得交。」

九尾玄一的面色由最初的笑容緩緩轉化成一臉殺意。「要照你這麼說，你的好兒子調戲我姪女彩鳴這件事又該怎麼算？我還沒有去你們神猴一族興師問罪，你倒是找上門來，要不然我們先在這裡比畫比畫？」

猴子分聽到這話，面色也是一僵。要說起這件事，也確實是自己的兒子不爭氣，但是……

「這些都是小輩之間的矛盾，我們瞎攙和些什麼？難道你們九尾狐族連小輩之間的矛盾也要管？只有沒用的族人才會死揪著小輩之間的矛盾不放，想必九尾狐族應該不至於如此吧！九尾狐族被譽為玄荒大陸排名第一的妖獸，應該不至於如此吧！如果這件事傳了出去，恐怕連人類都會恥笑你們九尾狐族。」

九尾玄一聽到這話，氣也上來了。「這話到底是什麼意思？可以視作你這是在挑釁我們九尾狐族嗎？既然如此，要不然咱們兩個也比畫比畫？」

九尾玄一原本想要憑藉著自己九尾狐第一大族群的勢力，使得猴子分放過吳玄。雖然他不知道九尾元荒與這個人類是如何結交的，但自己這麼做，無異於給了這個人類一個天大的人情。這不僅化解剛剛這個人類一味想要尋求九尾靈狐一族幫忙這種「死皮賴臉」的行為，也能夠彰顯自己在九尾狐族的地位，更能使得整個九尾狐族免受龍虎宗的仇視。

在九尾玄一看來，自己勸說神猴一族放過那個人類，已經算是救了那個人類一條性命。至於神猴一族一向自我感覺良好，但牠們在九尾狐族的面前，就如同跳梁小丑一般，不足為慮。

但是沒想到神猴一族居然這麼拗，完全不給九尾狐族面子，既然如此，那他也不必給神猴一族面子，正好藉此機會也試探一下神猴一族到底有幾斤幾兩。

其餘的九尾狐族眾人見到這邊快要打起來了，一個個都圍了過來，畢竟是自己的族長和神猴一族族長的戰鬥。

猴子分那可是神猴一族的族長！

吳玄本來就著急得很，想要找九尾狐族的人幫忙，結果被這一番推辭，這就要打算離開了，又被神猴一族擺了一道。而且看這架式，如果不解決面前的麻煩，神猴一族的人還不會放過他。

想到這裡，吳玄感覺心中積壓了一團火，而這團火此時找到了發洩口。

吳玄回過頭看了一眼一臉擔憂的九尾元荒，看來他也為猴子分與九尾玄一的戰鬥而心憂。

「你知道神猴一族的住處在哪兒嗎？」

九尾元荒聽到這裡，不由得愣住了。隨後抬起手來，朝著一個方向一指，那裡有一座直插雲霄的高山。

「那整座山就是神猴一族的寄居地，不過你問這個做什麼？」九尾元荒是一臉的疑惑。

吳玄緩緩的點了點頭，用手指著楊鴻和靈齡說道：「族長，你幫我照看一下我這兩位朋友，我去去就來。」

九尾元荒聽到這裡一愣。「需要我幫忙嗎？」

吳玄搖了搖頭。

「妳們兩個先留在這裡，李福來，你和我出去一趟。」

吳玄來到李福來幾人面前，聲音聽不出來個喜怒哀樂，但是臉上帶著似有似無的笑容。而這笑容，楊鴻在百宗屠玄的時候見過……

第九章 神猴一族

「師父，我們這是幹什麼去啊？」吳玄和李福來兩人正往前飛馳，李福來有些好奇的問道。

「我帶你去打架，正好這段時間你的修為有些停滯，藉此機會好好的激發一下你的潛力，到時候你可別讓我失望。」吳玄的聲音非常平靜。

李福來聽到這裡，大喜道：「真的？那多謝師父了！」

雖然李福來也很疑惑，自家師父為什麼會在此時此刻帶他去歷練，但是師父安排的任務，就算拚盡全力，他也要完成。

吳玄忽然想到了什麼，身影瞬間停滯在半空，李福來也跟著停頓下來。

吳玄的手指尖忽然多出一縷暗紅色的氣體，手指點在李福來的額頭之上，那縷暗紅色的氣體也隨之沒入李福來的額頭之中。

李福來有些好奇的摸了摸自己的額頭，卻發現什麼東西也沒有，留下的只有自家師父那神祕莫測的微笑……

神猴一族這段時間的日子幾乎像在天堂當中一般，由於接連獲得的機緣，使得神猴一族逐漸在妖獸山脈的核心地帶扎穩腳跟；而且族長猴子分的兒子也在瘋狂的追求九尾靈狐一族的公主，雖然這件事的成功率不大，但也並不是一點可能都沒有。

九尾靈狐在九尾狐族當中只是第三大族群，如果是九尾玄狐或者九尾天狐，那可能一點希望也沒有，但是九尾靈狐那就兩說了。

雖然幾刻鐘以前，猴子分的兒子被一個人類給打了，但是自家族長已經帶著自己的族人去要人了，想必九尾狐族也不會因為一個人類而與神猴一族撕破臉。

就在神猴一族的眾人期盼著自家族長快些歸來的時候，有數名天君級別的神猴一族強者發現，有兩道人影正以極快的速度靠近。

神猴一族的人起初還沒在意，但是伴隨著那兩道身影越來越近，神猴一族的諸多強者終於坐不住了。

神猴一族的領地在一座高山之上，這也是神猴一族最初來到妖獸山脈核心地帶的時候，從一個猴族妖獸的手裡搶過來的，現在已經成了牠們的領地。

數十名天君九重、數百名天君級別的神猴一族族人迅速從山上衝了出來，懸浮在山前近千里的高空，目光極為不善的盯著這兩個不速之客。

「來者何人？這裡是神猴一族的領地，如果無事趕緊退去，否則休怪我們手下無情！」一個半步古祖級別的神猴一族強者冷聲說道。

這樣的強者，在神猴一族共有八名，再加上數十名天君九重的強者、數百名天君級別的強者，這種戰力拿到人類世界，足以與中域的一流宗門相媲美。

「前段時間我打傷了你們的一隻猴子，有個叫『猴子分』的人去九尾狐族要人，我是來端你們老巢的。」

吳玄的表情非常認真，但是一旁的李福來聽到這話，身子忽然一頓，腦袋有些僵硬的轉了過來。

此時，兩人的身形已經停在神猴一族眾多強者百米之外的地方，如果這些神猴一族的人想要動手，他的生命安全都無法保全，更何況是自家師父？自家師父這不是在開玩笑吧！

吳玄的這句話說出，不僅僅是李福來愣在原地，就連神猴一族的諸多強者在一時之間都沒有反應過來。一個半步跨出天君九重的人類強者，再加上一個只有武聖一重的人類小子，就想要端掉自己神猴一族，這不是在開玩笑吧！

一個渾身上下佈滿金黃色毛髮的神猴一步踏出，此猴的修為也是半步古祖，牠的目光帶著挑釁。「唷！我聽過說大話的，但是像你這樣的人類，我還是第一回見到。別說是你們兩個人了，就算再來上十個百個，也不是我們神猴一族的對手。可別忘了，我們是妖獸，你們螻蟻一般的人類，怎麼會是我們的對手？」

吳玄冷笑一聲，順勢說道：「既然如此，那就打一場，手底下見真章。這位是我的徒弟李福來，說了想必你們也沒有聽說過，不知道你敢不敢挑戰我這個徒弟呢？」

李福來聽到這話，一臉幽怨的轉過頭看著自家師父。

吳玄則是露出一抹神祕莫測的笑容。「放心，為師自有打算。」

吳玄的這一句話傳出，神猴一族當中瞬間捲起陣陣議論聲。

聽著那嘈雜的議論聲，吳玄非常不屑的大聲喊道：「難道你們神猴一族就這般不堪？剛剛嘴裡說得那麼厲害，要真動起手來，你們就成了窩囊廢。我看你們也不要叫『神猴族』了，乾脆叫『廢猴族』得了。」

吳玄這句話剛剛說出，數百名天君級別的神猴一族和數十名天君九重的神猴一族族人瞬間露出不忿之色。到了牠們這個級別，不僅能夠幻化出人形，還有著與人類同等級別的思考能力，至少牠們能夠聽出這句話是在罵牠們。

剛剛開口的那個半步古祖的神猴一族族人率先向前踏出一步。「在下猴獼瑞，倒想討教一下人類強者到底是何等修為。」

猴獼瑞想得很簡單，這兩個人類不是瘋子就是傻子，兩個人便想將自己的老巢掀了，這顯然是不切實際的。既然如此，自己陪這個人類小子玩一玩也未嘗不可。

更何況自己周圍有著如此眾多的天君九重族人，實在不行，就算全族出手，那也不是不行。

雖然這麼做有辱神猴一族的尊嚴，但是對面的人類挑釁在先，就算現在牠讓全族人出手，那也不是不可能的。

「放心，為師看好你。之前教你的劍韻，你再好好的琢磨琢磨。」吳玄握緊拳頭，做出一副「為師為你加油鼓勁」的模樣。

此時猴獼瑞已經衝了過來，李福來無奈之下，只得衝了出去。

李福來的身影懸浮在半空當中，但是在他的身後出現了一道影子，這道影子之下居然還有一道影子，影子的影子下面還有一道道影子，一共有九道影子，每一道影子上都散發著紫色的光暈。

法印影人！天賦紫色。

李福來身後這九道漆黑的影子手中與李福來一樣，拿著相同的寶劍。伴隨著李福來手中的寶劍揮出，九道影人也從九個角落揮劍刺向了猴獼瑞。

猴獼瑞手中多出來一根長棍，棍子揮舞，半空當中的靈氣剎那之間便發出一連串的爆鳴聲，恐怖的靈氣風暴朝著四面八方席捲而去。

九道影人瞬間被擊散，但是李福來的手中拿著一把銀白色的寶劍，似乎沒有受到靈氣風暴的干擾。伴隨著寶劍刺出，周圍的空氣發出一連串響動，彷彿刺出的不是一劍，而是成千上萬把從不同方向刺來的劍刃。

猴獼瑞眼見那把寶劍距離自己還有數十米，渾身上下已經感覺到被劍刃刺穿皮膚的痛感，每一個毛孔都像被一把鋒利的寶劍堵住，但是全身的刺痛也更加激發了猴獼瑞的戰意。

猴獼瑞手中的長棍忽然向前拍出，一道數千米長的溝壑出現在半空當中，而李福來的身影卻在金光當中逐漸消失。

就在眾猴認為李福來已經被猴獼瑞解決的時候，金光燦燦的溝壑當中，忽然爆發出一股極為強橫的劍氣風暴。無數把近乎透明，但是肉眼可以看見的小短劍出現在神猴一族強者的眼前，一把把小短劍以極快的速度形成九道劍氣洪流。

剛剛那道金光只是將李福來的身影向後推移數百米的距離，而那九道剛剛被震開的影人不知何時已經來到猴獼瑞的身後。

九道影人手中的寶劍刺向了猴獼瑞，整個空間在短時間之內被一股極為壓抑的劍氣填充；猴獼瑞的身上也爆發出一股極為強橫的靈氣，不斷的衝擊著周圍被劍氣封鎖的空間。

一條金光燦燦的長蛇纏繞在猴獼瑞的身上，長蛇的軀體散發著紫色的光暈。法印吞天蟒！天賦紫色。

在這條數百丈大小的吞天蟒出現的那一刻，周圍被劍氣封鎖的空間出現了大量的裂紋，九道影人手中的寶劍已經刺入到吞天蟒的身體當中。但是伴隨著吞天蟒揮動著巨大的蛇尾，九道影人的身形瞬間被擊散。

卻在此時，李福來幻化出的那九道洪流已經降臨在吞天蟒的面前。猴獼瑞見到這一幕，也高高的躍起，手中的長棍與李福來手中的寶劍碰撞在一起，吞天蟒的整個身軀也被九道劍氣洪流所席捲。

砰砰砰……伴隨著一道道轟鳴聲傳出，九道影人手中各持寶劍，不斷的劈出一道道劍氣斬，瘋狂的砍在吞天蟒的身上，原本金光燦燦的吞天蟒變得黯淡下來。

在某一個瞬間，吞天蟒竟然不去理會周圍的攻擊，張開血盆大口，直接吞向了李福來，而猴獼瑞的攻擊也已經落在了李福來眼前。

面臨著即將落下來的兩道攻擊，九道影人原本揮砍吞天蟒的劍影消失不見，等到再次出現的時候，已經到了李福來身前。

「九階法技——亂劍訣！」

李福來在虛空當中猛踏一腳，整個人的身軀瞬間衝向吞天蟒張開的血盆大口，以及高高舉起棍子，即將砸下來的猴獼瑞面前。

伴隨著李福來手中的寶劍在虛空當中劃過一道道足以開山裂石的劍氣，周圍的空間短時間內都朝著吞天蟒一方塌陷下去。大片的劍氣從每一縷空氣當中迸發，劍氣斬開一陣陣劍氣浪潮，瘋狂混亂的劍氣將吞天蟒的整個身軀占據。

而吞天蟒在猴獼瑞的控制之下，身上爆發出極度恐怖的靈氣風暴。在兩人戰鬥的正中央，劍氣與靈氣四溢，兩人身下的花草樹木被從中折斷，在半空當中被劍氣粉碎成一片又一片的細沙，大片的山石也在瞬間被靈氣輾成粉碎。

神猴一族眾多天君級別的強者聯手布置下一道道防禦護罩，防止兩人戰鬥產生的破壞力摧毀牠們神猴一族生活的山峰。

解決了這個問題，牠們忽然想起與李福來同來的另外一個人類小子，他去了什麼地方？

面前這個人類與自己的族人打得天翻地覆，另外一個人類小子去了何方，剛剛沒怎麼注意。但是現在抬起頭來，卻發現已經見不著那個人類小子的身影了。

不管那麼多了，反正牠們的族長去了九尾狐那邊，這個自稱「李福來」的人又是那個人類小子的徒弟，跑得了和尚跑不了廟。實在不行，捉住面前這人也不是不可以。

更何況那個人類小子只有武聖一重的修為，說不定在剛剛的連番攻擊當中，早就已經被靈氣餘波震成了粉碎。

想到這裡，神猴一族的族人也就沒去理會那個只有武聖一重的小子。那個人類小子畢竟只有武聖一重的修為，在這個天君級別強者橫行的地方，也掀不起多大的風浪。

此時吳玄已經來到神猴一族居住的這座山峰，神猴一族的人稱呼它為「神猴山」。

外界打得天翻地覆，神猴山上其餘神猴卻是露出羨慕的神色。這些神猴有的才不過超凡級別，雖然也有至尊級別的神猴，但是這種級別在外界兩個半步古祖強者的戰鬥當中，連砲灰都算不上。

神猴一族足有數千猴，外面的戰鬥牠們也管不了，除了眼巴巴看著外面的打鬥，時不時的喊上兩聲加油鼓勁的話，此外也做不了什麼。

這些神猴雖然不知道那個人類和自己的族人到底為了什麼事情而打起來，但是在牠們看來，最後勝利的一方必定是自己神猴一族。

大量的神猴會聚在山頂，因為在這個地方觀看下方的打鬥最為清晰。反正前方有天君級別的族人聯手布置防禦護盾守護牠們，這些神猴也沒有過多的擔心。

卻在此時，一座不起眼的半山腰上，一道不起眼的裂縫緩緩出現，隨後便是一個不起眼的人類出現在那裡，此人正是吳玄！

吳玄在李福來和猴獼瑞即將開打的那一瞬間就已經來到此處，因為接下來兩人的打鬥絕對不是他能夠插手的，一丁點餘波就有可能要了他的性命。

所以吳玄選擇在戰鬥即將開始的那一瞬間，便通過手中的那把木製匕首來到了此處。

擁有空間之力的修煉者，在整個玄荒大陸少之又少，數萬人當中也不一定能夠出現五個。而吳玄身邊卻恰恰出現了兩個，一個是鄭天琪，一個是唐秋實，再加上他自己，一共就三個了。

白籽楠的空間之力是用令牌激發出來，她本身並沒有空間的能力。

所以修煉者在打鬥的過程當中，幾乎都忽略對方擁有空間能力這一條。無論是通過陣法還是通過符咒，再或者是其他的手段，使用空間之力也會有些徵兆，比如說從儲存器裡拿出來符咒，或從儲存戒指當中取出來陣盤，這中間都會有半秒鐘的間隔。而半秒鐘的時間，在天君級別的戰鬥當中，已經算是非常漫長的時間了。

所以天君級別的戰鬥幾乎不會使用空間之力的輔助用品，除非提前取出，那樣就有了徵兆。

而能夠掌握空間之力的修煉者使用空間之力，就像是使用法技一樣，心念一動便能夠達成。所以但凡與空間之力修煉者戰鬥，那必定是一件非常令人頭疼的事情。

像這種動用空間之力的戰鬥，往往在戰鬥開始的那一瞬間便會出現；戰鬥剛開始沒有使用空間之力，對手往往就會將對方當作普通的修煉者對待。所以吳玄通過空間之力傳送到神猴一族的神猴山半山腰，也完全沒有人發現。

不僅僅是因為在外面戰鬥的是李福來，還因為吳玄實在是太弱了，弱到眾猴不屑一顧。

吳玄看了一眼外界的戰鬥，貌似李福來還略占上風，吳玄這就放下心來，手中的木製匕首緩緩的在半空當中劃過。

而在木製匕首緩緩劃過的那一瞬間，整座神猴山上出現了密密麻麻的裂縫，一條裂縫只有拇指粗細，卻遍布在神猴山的每一個角落。

隨後便是一顆如同丹藥一般的綠色珠子緩緩的落到地上，珠子落到地上，瞬間炸開一團綠色的霧氣。

就在此時，遠處那些懸浮在神猴山前千米之外的神猴一族天君級別的強者似乎察覺到了什麼，有些狐疑的回過頭來，一眼便看見冒著綠氣，並且綠氣正在不斷擴散的整座神猴山，然後牠們的氣息下一瞬便已經落在吳玄的身上。

剛剛幹完壞事的吳玄瞬間感覺到有不下百餘道氣息鎖定在自己的身上，吳玄手中的木製匕首快速在半空當中劃過，而吳玄的身形也隨即踏入到裂縫當中。等到他再次出現的時候，已經來到了李福來的身後。

吳玄手中多出了一個九印陣盤，足以抵擋天君九重數次攻擊的金黃色光幕包裹住他的身軀。李福來和猴獮瑞兩人攻擊產生的餘波撞擊在這道金黃色的光幕上，只是使得光幕的顏色黯淡了許多，但是光幕並沒有破碎。

「你都幹了些什麼？」

猴獮瑞察覺到了身後不對勁，扭過頭來，一眼便看見已經被綠色氣體包裹的神猴山。

「退！」

吳玄來到李福來的身後，便是要喊出這一個字。他的第一步計畫已經達成——藉助李福來與神猴一族的人打鬥，放置從瘟魔那裡凝聚成的毒珠。

李福來有些驚訝的看著自己的師父，有些難以置信。剛剛他和猴獮瑞戰鬥，雖說沒有劃破虛空、斬斷空間，卻使得周圍的空間有了一定程度的波動。

他是知道自己的師父能夠使用空間之力的，但是在這種情況之下，仍然能夠這麼自如的使用空間之力，而且跨越的範圍還是如此之大。

然而李福來現在沒有時間去想這些，在他聽到自己師父那句話的瞬間，身影便已經急速向後倒退。

如果吳玄僅僅憑藉自己的空間之力，自然無法做到這一步，畢竟剛剛還被數百道天君級別的氣息鎖定，那種情況之下，仍然使用空間之力，確實有些勉強。

但吳玄手中有從黑蛇古蹟那裡拿來的木製匕首，有這把木製匕首大幅度的增強空間之力，吳玄擺脫數百名天君級別的靈力鎖定，也就簡單得多。

李福來的身影快速向後倒退，吳玄也藉此機會在身後劃出一道空間裂縫。吳玄進入空間裂縫的那一瞬間，身影就徹底在這片空間消失不見……

——待續

國家圖書館出版品預行編目資料

玄祖 / 子皇作. -- 初版.
-- 臺中市 : 飛燕文創事業有限公司, 2023.12-

冊；公分

ISBN 978-626-348-543-3(第1冊:平裝). --
ISBN 978-626-348-544-0(第2冊:平裝). --
ISBN 978-626-348-545-7(第3冊:平裝). --
ISBN 978-626-348-546-4(第4冊:平裝). --
ISBN 978-626-348-547-1(第5冊:平裝). --
ISBN 978-626-348-548-8(第6冊:平裝). --
ISBN 978-626-348-549-5(第7冊:平裝). --
ISBN 978-626-348-550-1(第8冊:平裝). --
ISBN 978-626-348-551-8(第9冊:平裝). --
ISBN 978-626-348-552-5(第10冊:平裝). --
ISBN 978-626-348-553-2(第11冊:平裝). --
ISBN 978-626-348-554-9(第12冊:平裝). --
ISBN 978-626-348-555-6(第13冊:平裝). --
ISBN 978-626-348-556-3(第14冊:平裝). --
ISBN 978-626-348-557-0(第15冊:平裝). --
ISBN 978-626-348-558-7(第16冊:平裝). --
ISBN 978-626-348-559-4(第17冊:平裝). --
ISBN 978-626-348-560-0(第18冊:平裝). --
ISBN 978-626-348-561-7(第19冊:平裝). --
ISBN 978-626-348-562-4(第20冊:平裝).--
ISBN 978-626-348-840-3(第21冊:平裝)

857.7　　112017009

玄　祖　21

出版日期：2024年10月初版
建議售價：新台幣190元
ISBN 978-626-348-840-3

作　　者：子皇
發 行 人：曾國誠
文字編輯：Free
美術編輯：豆子、大明
製作/出版：飛燕文創事業有限公司
公司地址：台中市南區樹義路65號
聯絡電話：04-22638366
傳真電話：04-22629041
印 刷 所：燕京印刷廠有限公司
聯絡電話：04-22617293

各區經銷商

華中書報社	電話 02-23015389
旭昇圖書有限公司	電話 02-22451480
智豐圖書股份有限公司	電話 05-2333852
威信圖書有限公司	電話 07-3730079

網路連鎖書店

金石堂網路書店 電話：02-23649989
網址：http://www.kingstone.com.tw/

博客來網路書店 電話：02-26535588
網址：http://www.books.com.tw/

若您要購買書籍將金額郵政劃撥至22815249，戶名：曾國誠，
並將您的收據寫上購買內容傳真到04-22629041

若要購買本公司出版之其他書籍，可洽本公司各區經銷商，
或洽本公司發行部：04-22638366#11，或至各小說出租店、漫畫便利屋、各大書局、金石堂網路書店、博客來網路書店訂購。
▶如有缺頁、破損，請寄回更換！